Friedrich Herrmann
Ausgeschlafen in Ruinen

AF197341

Ausgeschlafen in Ruinen

Friedrich Herrmann

Erste Auflage 2022

Lektora GmbH
Schildern 17–19
33098 Paderborn
Tel.: 05251 6886809
Fax: 05251 6886815
www.lektora.de

Druck: MCP, Marki
Covermotiv: Lektora GmbH, Yeliz Çetin
Covermontage: Lektora GmbH, Yeliz Çetin
Lektorat & Layout Inhalt: Lektora GmbH, Denise Bretz
Printed in Poland

ISBN: 978-3-95461-238-3

Inhalt

Ausgeschlafen in Ruinen (Intro)

Meine Kämpfe begannen später. Später als bei vielen meiner Generation, die im Osten aufgewachsen sind. Die rauen Plattenbaugebiete sah ich aus der Straßenbahn heraus vorbeiziehen. Die Nazis meiner frühen Kindheit ließen mich in Ruhe. Einige umstellten meinen 18ten Geburtstag, pöbelten und ließen sich von zwei Einsatzwagen zurück in die Nacht jagen. Über weite Strecken sah ich sie selten, fast nie. Wenn überhaupt, dann von der anderen Seite einer Demo, und ich rief: »Na kommt doch!« Sie kamen nicht. Es wäre mir auch nichts anderes geblieben, als zu rennen.

Der Mauerfall bedeutete für meine Eltern nicht den üblichen Bruch in der Biografie. Stattdessen atmeten sie auf. Als offen lebende Christen hatte der Parteiapparat sie an den Rand gedrückt, Akten angelegt, Möglichkeiten versperrt. '89 – im Jahr meiner Geburt – fing für die beiden und meine Geschwister das Leben als junge Familie erst wirklich an. Mit dem Willkommensgeld kauften sie sich einen unvorstellbar teuren Camcorder – ich meine, etwas um die 2 000 DM –, der unsere jungen Jahre einfangen sollte. Am Ende entstand nur eine knappe halbe Stunde Videomaterial, eine der vermutlich teuersten privaten Videoproduktionen aller Zeiten, 4 000 DM pro Stunde. Das nenne ich Dekadenz. Ein Lebensgefühl, das meine Eltern sich eigentlich nicht leisten konnten, aber immer wieder suchten.

Die angestellte Psychologin und der freikirchliche Pfarrer kratzten immer wieder Geld für Familien-Urlaube zusammen, die sämtliche Ersparnisse pulverisierten. Klar, meistens war nur der Zelturlaub an der Ostsee drin. Auch dann, wenn es über Wochen in Strömen regnete, harrten sie tapfer unter der Zeltplane aus und klopften mit uns Skat. Aber noch in den 90ern ging es unter anderem nach England, Italien und Norwegen, Anfang der 00er Jahre sogar in die USA. Es musste einiges nachgeholt werden. Meine Schwester hatte wie ein echtes West-Girl ihre 11te Klasse auf einer Highschool absolviert und im Jahr nach 9/11 besuchten wir ihre Gastfamilie. Wir schliefen in mittelklassigen Hotels, mieteten uns einen klimatisierten Familienvan und sahen St. Louis, Denver, Las Vegas, den Grand Canyon und San Francisco.

Ein Highschool-Jahr war für mich und meinen Bruder zwar nicht drin, dafür, so rechnete unsere Mutter es vor, schossen sie ähnlich viel über vier Jahre in unser Schulgeld. Am Herrenberg in Erfurt war Mitte der 90er die »Freie Schule Regenbogen« entstanden, ein Zusammenschluss aus Hippies und Freigeistern, die mit schwarzer Pädagogik und Pauker-Ideologie nichts mehr zu tun haben wollten. Ich erfuhr dort ein entdeckendes, spielerisches Lernen und eine fast vollständig an meinem inneren Antrieb orientierte Zuwendung. Das erlaubte mir, was vielen meiner Generation verwehrt blieb: weich bleiben. Neugierig. Verspielt. Und humorvoll. Ausgeschlafen in Ruinen.

Von allen Geschenken meiner Kindheit bedeutet mir der Humor am meisten. Er entwickelte sich im Spiel mit meinen Freunden und meinem Bruder und in der Reibung mit unserem Vater. Als ungläubiges, eher rational denkendes, altkluges Kind bot sein Dasein als Pfarrer Raum für jede Menge Spott und Sticheleien. Auch seine zur Pedanterie neigende, rechthaberische Art, die aber vor Gewaltanwendung letztlich zurückscheute, war ein endloser Spielplatz fürs Frechsein, weitestgehend frei von Konsequenzen. Ich fing mir vielleicht zwei oder drei eher läppische Ohrfeigen, angelegt habe ich es auf hunderte.

Am Gymnasium in Jena fand ich zurück in die Mittelmäßigkeit. Das Abimotto meines Jahrgangs lautete: »Die Welt steht uns offen«. Mit der 2007 hätten wir so ziemlich jedes coole James-Bond-Motto haben können, doch die Mehrheit stimmte für langweilig, aber wahr. Uns stand die Welt offen. Ein Versprechen, das die allermeisten für ein Jahr Australien einlösten, um danach Informatik, Medizin, Jura oder Lehramt zu studieren. Bei mir wurden es Neuseeland und Lehramt. Mit Mitte zwanzig fand ich mich in einer Geradeausbiografie wieder, hatte mir in meinem Studistädtchen ein selbstgewähltes Nest aus ehrbarer Erwartbarkeit gebaut. Besoldungsstufe A13, ein Kredit für das Gehöft am Stadtrand, zwei bis drei Kinder, es war alles zum Greifen nah. Und dann begann irgendetwas in mir, zu jucken. Zu kratzen. Zu fragen: Ist da nicht noch mehr?

Während meines Studiums waren einige Kurzgeschichten entstanden, sogar an ein paar Wettbewerben hatte ich damit teilgenommen, auch mal was gewonnen. Ein, zwei ausgesprochen furchtbare Romanfragmente lagen in der Schublade. Ich hatte ein kleines Theaterkollektiv für englischsprachige Stücke mitbegründet. Mit Impro, einer wilden, einstiegsfreundlichen Variante des Stegreif-Theaters nach dem Vorbild des Theatersports aus Kanada, hatte ich auf großen und kleinen Bühnen gestanden. Ein paar Teilnahmen bei Poetry Slams standen zu Buche. Über die Freie Bühne in Jena, ein loses Netzwerk aus Theaterverrückten, hatte ich in andere Lebensentwürfe hineingeschnuppert. Und da setzte ich an.

Ich nahm mein altes Leben und faltete es wie einen Text, den ich auswendig kann, in die Tasche. Gut, es dabeizuhaben, aber draufschauen musste ich ab jetzt nicht mehr. Ich begann meine Kämpfe. Gegen die eigene Bequemlichkeit, gegen Schreibblockaden, gegen meine Mittelmäßigkeit, gegen »Ach und davon kannst du leben?«, gegen »Ach und wie lange willst du das noch machen?«, gegen »Na, wenn die Stricke reißen, kannst du ja immer noch was Vernünftiges machen«. Ich durfte mir meine Kämpfe selbst wählen. Das wünsche ich jedem. Vielleicht rührte mein Hunger genau daher. Dass ich noch nicht gekämpft hatte. Meine Dämonen waren nicht rechtes Gedankengut oder die starken Jungs aus der Nachbarschaft. Sie waren in mir, bestanden aus den verinnerlichten Erwartungen, die ich mit den eigenen Wünschen verwechselt hatte.

Dieses Buch versammelt ausgewählte Bühnentexte der letzten Jahre. 29 kleine, gewonnene Kämpfe. Während mein erstes Büchlein »Notizen eines Linkshänders« vor allem die auch mal pathosschwangeren Gedichte versammelt hat, finden sich hier ausschließlich Prosatexte. Kleine Essays, Geschichten und Biografisches. Beim Sichten und Zusammenstellen habe ich eine Gemeinsamkeit festgestellt, die viele Texte verbindet: die Suche nach einem warmen, menschenfreundlichen Humor. Der Spott und die Sticheleien meiner Teenagerjahre sind anderen Formen gewichen, die mir besser gefallen und die mehr und mehr für das stehen, was mich auf der Bühne ausmacht. Das Lachen über sich selbst und Menschen *an sich* anstelle einzelner.

Vielleicht lässt es sich auch so sagen: Alles ist letztlich albern, aber manches bedeutet mir dann doch die Welt.

Jena, Juni 2022

Grundschuljahre

Der Herrenberg in Erfurt ist eines dieser Viertel. Platte, Rentner*innen, Nazis. Grauer Beton, rauer Jargon, wie Trettmann rappt. Hier verbringe ich meine Grundschulzeit. Denn inmitten der Platte wächst ein zartes Pflänzchen. Die »Freie Schule Regenbogen« steht damals noch nicht in Erfurt Nord, sondern hier, im Erdgeschoss eines beigen Neubaublocks. Über uns, im ersten Stock, ist damals eine Fahrschule. Der Betreiber hetzt uns regelmäßig die Gesundheitsinspektion auf den Hals. Es geht das Gerücht, dass er uns nicht besonders mag.

Mein Schulweg führt an einer Außenstelle des Jugendamts vorbei und ist gepflastert mit Neo-Nazi-Grüppchen. Max, mein bester Freund, hat mich irgendwann darüber aufgeklärt, dass man sie an den Stiefeln, Jacken und Glatzen erkennen kann, seitdem sehe ich sie überall. Wie die vietnamesischen Zigarettenschmuggler. Sie stehen an den Eingängen vom Kaufland-Parkhaus und sehen so verdächtig aus und wickeln ihre Geschäfte so offensichtlich ab, dass ich mir nicht erklären kann, wieso die Polizei nichts dagegen unternimmt. Die Nazis kaufen auch bei ihnen.

An meinem ersten Schultag folge ich meinem Bruder, der schon in die zweite Klasse geht, ins Jungs-Zimmer. Ein karger Raum mit muffigem Teppichboden, den wir erst im Lauf der Jahre durch Holzbauten und Wandbemalungen zu unserem machen würden. Zur Begrüßung im neuen Schuljahr gibt es eine große Rauferei, jeder prügelt sich kurz mit jedem. Ich grinse meinen Bruder an und sage: »Es ist wirklich cool hier.« Die Schule hat damals knapp 60 Schülerinnen und Schüler und es gibt keine Klassenzimmer. Stattdessen ein Jungs- und ein Mädchenzimmer. Hier spielen wir fast den ganzen Tag, es sei denn, es ist warm, da spielen wir meistens auf dem Hof.

Ich habe in vier Jahren Grundschule keinen einzigen Stundenplan, das heißt, mir wird nie einer vorgegeben. Vormittags gibt es von 9 bis 11 Deutsch im Deutschraum und Mathe im Matheraum. Ich bin meistens im Matheraum mit Jürgen, der mir jeden Tag neue Aufgaben auf kleine Zettel schreibt, mich allein lässt und kurz darauf wiederkommt, um meine Lösung mit mir zu diskutieren. Eine Aufgabe lautet: »Ein See hat im Herbst eine Temperatur von 22 Grad. Es wird Winter und jeden Tag fällt die Temperatur um die Hälfte. An welchem Tag ist der See gefroren?«

Ich habe viel gerechnet und gerechnet und am Ende nur ein Wort als Lösung geschrieben: Nie.

Die Lehrer*innen an der Regenbogenschule heißen »Bezugis« – kurz für Bezugsperson. Wir duzen alle, vom ersten Schultag an. Ich erinnere mich nicht an Frau Müller und Herrn Werner, sondern an Johannes, Irene, Augusta, Stefanie, Gesine, Gertrud, Norbert und Jürgen. Und die Sekretärin, Heike, die raucht wie ein Schlot an einem klirrend-kalten Wintertag. Ich habe bis heute Probleme mit dem »Sie« und mir wurde schon des Öfteren ein Autoritätsproblem bescheinigt. Vielleicht stimmt es, dass ich den Umgang mit Autoritäten zu spät gelernt habe. Vielleicht stimmt aber auch, dass Menschen, die immer tun, was ihnen gesagt wird und sich nie querstellen, das eigentliche Autoritätsproblem haben.

Nachmittags gibt es Angebote wie »Wissenswertes über unsere Erde«, »Basteln« oder »Schulgarten«. Man kann hin, muss aber nicht. Ein bisschen so, wie ich mir Uni vor der Bologna-Reform vorstelle. Für uns heißt das: Wir spielen. Den ganzen Tag. Mit Kuscheltieren, KAPLA-Steinen oder – am liebsten – Matchbox. Zusammen mit Christian spielen Max und ich meistens Agenten. Immer im Jungszimmer. Stundenlang. Manche Fälle lösen wir an einem Nachmittag, manche ziehen sich über Wochen hin. Besonders böse Schurken entkommen uns, sodass sie uns für weitere Fälle zur Verfügung stehen. Das haben wir uns von den James-Bond-Filmen abgeschaut. Oder sie kehren auf mysteriöse Weise aus dem Reich der Toten zurück, entweder als Roboter oder als monsterähnliche Kreatur aus dem Labor eines bösen Wissenschaftlers. Viele Jahre später, in meinem Studium, knüpfe ich daran an: Ich spiele Impro-Theater und denke mir für Slams und Lesebühnen Geschichten aus. Die ersten Abende auf der Bühne fühlen sich wie nach Hause kommen an.

Auf die Regenbogenschule gehen auch einige Kinder mit Behinderung. Damals benutzt man dafür das Wort »integrativ« – heute heißt es *Inklusion* und niemand weiß, wie das gehen soll. Paul zum Beispiel ist ein dicker, russischer Junge, der kaum Deutsch spricht und mit dem auch etwas anderes nicht stimmt. Er ist eben *dumm*, sagen wir damals. Heute würde ich wohl *intelligenzgemindert* sagen und das Gleiche meinen. Ich erinnere mich auch an einen Steffen und an das Wort »Zangengeburt« und daran, dass man das nicht sagen soll, weil es nicht höflich ist. In jedem Fall ist Steffens Kopf bei der Entbindung von einer Geburtszange eingedrückt worden, er hat einen bleibenden Hirnschaden davongetragen und jetzt ist er hier bei uns. Zusammen mit Max erwische ich Paul und Steffen ein Mal dabei, wie sie gegenseitig an ihren Schwänzen herumspielen. Wir melden es einem Bezugi, die beiden werden ermahnt und damit hat sich die Sache. Max ist damals wütend, er meint, so eine Sache, da müsse man doch mehr machen als die beiden bloß ermahnen. Und ich stimme ihm zu, er ist ja mein bester Freund. Heute gefällt mir irgendwie, wie unaufgeregt damit umgegangen wurde.

Kinder und Sexualität, das ist so eine Sache. Man kann wahnsinnig viel Aufregung darum machen und nach so einem Vorfall ein Team von Coaches an die Schule kommen lassen, Klassensitzungen zum Thema abhalten, Einzelgespräche arrangieren. Oder man kann es gut sein lassen. Mit 8 oder 9 Jahren habe ich mal versucht, mit meiner Cousine zu schlafen. Ich habe sie gefragt: »Willst du Sex haben?«, sie sagte ja und dann haben wir uns ausgezogen, ich hab mich auf sie draufgelegt, ein wenig auf- und abbewegt, aber irgendwie passierte nichts und niemand wusste weiter, also haben wir uns wieder angezogen und nie wieder ein Wort darüber verloren. Ich will nicht wissen, was passiert wäre, wenn uns jemand dabei erwischt und die Sache an die große Glocke gehängt hätte. Vermutlich wäre ich zur Therapie geschickt worden, hätte Bilder zeichnen sollen und wäre bis heute schwer traumatisiert.

Wenn es Konflikte gibt, kommt es oft zu »Wiedergutmachungen«. Im Morgenkreis kann man eine solche einfordern, wenn man meint, sie stehe einem zu. Ein Mal hat mir Fabian, ein hochgewachsener, kräftiger Junge, mit dem ich mich ständig messen und anlegen muss, beim Raufen eine leichte Gehirnerschütterung verpasst. Ich fordere eine Wiedergutmachung. Üblich ist beispielsweise, dass man den Küchendienst für den anderen übernimmt. Dieses Mal erscheint mir das aber zu wenig. Schließlich habe ich sehr viel geweint. Stefanie, die Bezugi und auch die Mutter von Fabian ist, sagt zu mir, auf die Größe der Wiedergutmachung käme es nicht an, sondern darauf, dass man sich im gleichen Zug beim anderen aufrichtig entschuldige. Das halte ich für Schwachsinn und beharre auf eine große Wiedergutmachung. Schließlich einigen wir uns darauf, auf seine Kosten Pizza essen zu gehen. Fabian bekommt sehr wenig Taschengeld, aber ich nehme an. Als uns der Kellner die Rechnung von über 20 DM präsentiert, habe ich ein schlechtes Gewissen, sage aber nichts. Fabian bezahlt wortlos. Es ist die letzte Wiedergutmachung, die ich einfordere, irgendwie ist mir die Lust darauf vergangen.

Von der Regenbogenschule geht man ohne Zeugnis ab, ich bekomme eine schriftliche Einschätzung meiner schulischen Fähigkeiten und meines Charakters. Die meisten wechseln auf die Gesamtschule. Meine Eltern allerdings ziehen nach Jena und wollen mich dort aufs Gymnasium schicken. Ich bin nach meinem Bruder erst der zweite Schüler, bei dem das versucht wird. Meistens bekommt man ohne Zeugnis keine Zulassung. In der ersten Schulwoche sitzen also zwei Damen vom Schulamt in meiner Klasse und überprüfen meine Tauglichkeit für den Unterricht. In Mathe löse ich Aufgaben, an denen zum Teil 16-Jährige scheitern. Ich grinse und denke an Jürgen. Deutsch ist, wie nicht anders zu erwarten, mangelhaft. Ich habe ja nur dann Deutsch machen müssen, wenn mir gerade der Sinn danach stand – also so gut wie nie –, und schreibe krakelig wie ein Zweitklässler und keinen Satz ohne Fehler. Aber da eins und fünf im Schnitt drei ergeben und das den Leuten vom Schulamt ausreicht, lassen sie mich gewähren. Natürlich nicht, ohne mächtig auf die Regenbogenschule und ihre pädagogische Verantwortungslosigkeit zu schimpfen.

Kinder Kinder sein lassen und vertrauen, dass der Weg, den sie sich suchen, der richtige für sie ist. Das klingt so schön und so einfach. Aber ich glaube, es ist von allen Dingen in der Erziehung das Schwierigste. Ich habe größtenteils verdrängt, was es bedeutet, Kind zu sein. Wie hässlich, sexuell, dreckig und anstrengend es oft war. Und die Vorstellung, eigenen Kindern bei all dem zusehen zu müssen, ist gruselig. Auch für meine Lehrerinnen und Lehrer am Gymnasium ist es gruselig – sie mögen das Kind in jedem von uns wenig. Sie strahlen dann, wenn wir uns wie kleine Erwachsene verhalten. Sie dulden nichts Kindliches: Keinen Lärm, keine Unordnung, keine Fehler, keine Naivität, keine Unbeholfenheit. Sie zeigen uns Schwächen erbarmungslos auf, machen sich lustig, schimpfen, bestrafen. Und sie zwingen mich zu etwas, was ich vorher nicht habe tun müssen: mich anpassen. Ich bekomme mit, was droht, wenn man die engen Grenzen des Anstands übertritt, also übertrete ich sie nicht. Ich werde brav, passe auf und spiele das mit, was sie Unterricht nennen. Meistens langweile ich mich, außer in den kurzen Pausen. Denn da sind andere, mit denen ich spielen kann. Und in diesen Spielen vergesse ich den Druck und meine Angst, zu scheitern, und es fühlt kurz an wie damals, an der Regenbogenschule.

Linke Eltern

Christlich, öko, links. Meine Eltern erfüllen nicht viele Ost-Klischees. Mein überwiegendes Gefühl dafür ist Dankbarkeit, aber eigentlich ärgere ich sie zu gern, um Lobeshymnen anzustimmen. Das Großwerden zwischen Kirchenchorproben, Schüßlersalzen und Schimpftiraden über Helmut Kohl hatte auch seine Tücken.

Meine erste Freundin hatte einen Zwerghamster und ich hielt es für eine hervorragende Idee, ihr zum Geburtstag ein Haus für ihn zu schenken. Ich suchte das schönste Hamsterhaus aus, das in der Tierhandlung zu bekommen war. Mehrstöckig, verwinkelt, ein süßes Giebeldach. Die Böden hatten jeweils kleine Löcher mit Stricken darin, sodass der kleine Racker sich von Etage zu Etage hangeln konnte. Ja, er hangelte für sein Leben gern.

Für einige Tage lebte er im Hamsterparadies und obwohl das Haus etwas wuchtig für den kleinen Käfig war, machte er einen munteren Eindruck. Ich war stolz auf mich und mein Geschenk. Von Zeit zu Zeit hangelte der Hamster sich gern entlang der Gitterstäbe, aus denen der Käfig bestand, erst die Wände hoch und dann entlang der Decke. Und dann, eines Tages und von niemandem bemerkt, rutschte er ab. Und er landete zwischen der Käfigwand und dem schräg zulaufenden Giebel des Hamsterhauses und blieb stecken. Als meine Freundin ihn fand, war er schon mehrere Stunden tot. Sie brachte es nicht übers Herz, ihn da rauszuholen, rief mich an, ich radelte hin. Und was soll ich sagen? Man hat ihm den grausamen Todeskampf wirklich angesehen. Ich war nicht mehr ganz so stolz auf mich und mein Geschenk. Damals lernte ich, was meine Eltern mit Blick auf ihre Kinder lernen mussten: dass auch mit den besten Absichten großes Unheil entsteht.

Ja, meine Eltern haben alles richtig gemacht. Ich sage nur: Holzspielzeug, tupperdosenweise Schnittobst – und so wenig Taschengeld, dass wir uns die in Recycling-Papier eingewickelten Vollkorn-Pausenbrote mit Margarine und Kresse tatsächlich reinzwangen, anstatt sie wie jedes normale Kind in den Papierkorb zu feuern. Meinem Körper war es kaum möglich, zwischen zwei Klingelzeichen so viel Speichel zu produzieren, dass er die aufsaugende Trockenheit dieses Stücks Staubwüste im Mund auch nur ansatzweise auszugleichen vermochte, aber was hätte ich sonst tun sollen? Stehlen? Hungern? Und ich weiß, was ihr jetzt vermutet, und ihr habt recht damit: Meine Eltern waren links.

Anfang der Neunziger schrieb meine Mutter einen Zeitungsartikel über die unrealistischen Figurideale der Barbie-Puppe und warum Kinder mit verschiedensten Körperformen in Kontakt kommen sollten, *#bodypositivity*, bevor es cool war – Mama, was geht?! Weil mein Vater sich aus Klimagründen (!) weigerte, zu fliegen, ging es beinahe jeden Urlaub nach Rügen in das Regenbogencamp an den Hundestrand und dort saßen wir dann und lasen Bücher, während das verbotene Bananenboot, diese sonnengelbe Verlockung aus Motordröhnen und Teenager-Gekreisch, seine Runden drehte. Verboten war es uns nicht, weil wir kein Geld hatten, sondern weil es der hedonistisch-kapitalistisch-imperialistische Faschismus selbst war, der vor unseren Augen das arglose Volk in die Brandung hineinwarf und uns vor Neid so gelb machte wie ... eine Banane. Ja, links sein ist wie arm sein, aber aus Überzeugung.

Weltuntergangsstimmung ist gerade wieder ziemlich en vogue, meine Eltern wussten schon vor 30 Jahren, dass alles vor die Hunde geht. Aber sie wussten auch: Schuld haben die anderen. Denn sie waren linke Eltern mit fast allem, was dazu gehört: taz-Abo, Anti-Atomkraft-Sticker,

Globuli-Döschen, handgestrickte Baumwollsocken. Zu Weihnachten, zu Ostern, zu Marx' Geburtstag, es gibt keine Gelegenheit, bei der linke Eltern keine handgestrickten Socken schenken können, Socken und eines der folgenden, in mehrfach wiederverwendetes Geschenkpapier eingewickelten Bücher: »Momo«, »Das kommunistische Manifest« oder »Der kleine Prinz«. »Man sieht nur mit dem Herzen gut, das Wesentliche ist für die Augen ...« Mittlerweile glaube ich, er meint Aktien. Ein ernst gemeinter Vorschlag für alle linken Eltern: Nur für den *unwahrscheinlichen* Fall, dass der hedonistisch-kapitalistisch-imperialistische Faschismus überlebt, kauft vielleicht die ein oder andere Aktie für euer Kind, es ist entgegen jeder Armutsromantik nämlich verhältnismäßig cool, keine Existenzängste ausstehen zu müssen.

Kinder linker Eltern lernen früh: Uns umgibt ein System und dieses System ist böse. Und deine einzige Chance auf ein anständiges Leben ist, der Sand im Getriebe zu werden. Eine kleine, aber entscheidende Störung, die die unbarmherzige Mechanik in die Knie zwingt. Und so sehr ich meine Eltern liebe, wenn ich mir ein Getriebe anschaue, stelle ich fest: Wenn da Sand reinkommt, dann knirscht es kurz, unten rieselt Staub raus und dann malt es weiter. Das ist nicht cool für den Sand. Und genau genommen wissen sie das auch. Denn natürlich fliegen sie mittlerweile, fahren Audi, essen immer noch Fleisch und Käse, aber wirklich nur ganz selten und nur das gute Zeug aus dem Bioladen, also warum das nicht einfach jeder so macht?! Und dann schauen sie dich an mit ihren hoffnungsvollen Augen, die sagen: Aber ihr bleibt stabil, oder? Ihr gewinnt den Kampf, den wir aus vollem Herzen und mit ganzer Überzeugung mental unterstützt haben, während wir nach und nach die Annehmlichkeiten des westlichen Lebensstandards übernommen haben, außer Aktien, dieses Teufelszeug kommt uns nicht wirklich nicht ins Haus!

Linke Eltern haben ein großes Herz. Für Menschen mit Behinderung, für Migrant*innen, für Schwule und Lesben, für alle Menschen, die weniger privilegiert sind. Ihre eigenen Kinder, nun ja. Wozu gibt es Liebe, wenn man Erwartungen haben kann? Und was soll ich sagen? Ich hangele auch ganz gern und manchmal, wenn ich abrutsche, dann kommt es mir so vor, als landete ich zwischen dem System und dem gigantischen Haus aus Idealen und Erwartungen, das meine Eltern für mich gebaut haben. Und wie ihr nach der Geschichte mit dem Hamster ahnen könnt: Da bekommt man verdammt schlecht Luft.

Liebe linke Eltern, ich weiß nicht, wie man es besser macht. Aber die Welt zu retten, das stellen wir spätestens bei unserem Freiwilligendienst in Costa Rica auf der Jagd nach den teuflisch schnellen Schildkröteneier-Dieben selbst fest, ist als grundlegende Erwartungshaltung ein klein wenig überzogen.

Wir sind Kinder linker Eltern.

Wir sind bereit für eine Welt, die es nie geben wird.

Wir werden kein Erbe antreten, das diesen Namen verdient.

Was uns bleibt, ist die Gewissheit, dass die anderen schuld sind.

Leider können wir uns davon nichts kaufen und ich meine buchstäblich gar nichts.

Letztlich bleibt uns nichts anderes, als selbst irgendwann Kinder zu bekommen, und ich weiß schon sehr genau, worin ich ihre Vollkornpausenbrote einwickeln werde: in eine Apple-Aktie. Und sie werden sie achtlos in den Papierkorb feuern, wie jedes normale Kind. Aber daran sind sie dann wenigstens selbst schuld.

Der 18-Jährige, der aus dem Fenster stieg und sofort wieder zurückkletterte

Ich habe mein Leben lang gern gespielt. Vielleicht ein bisschen zu gern. Manchmal konnte ich mich so schwer davon lösen, dass es alles andere vernebelte. Eines dieser grauen Jahre bricht direkt nach der Schule an. Es riecht nach muffigem Teppich und klingt nach sirrenden Lüftern.

Es ist mitten in der Nacht, genaue Uhrzeiten spielen keine Rolle, wenn man zockt. Meine Ohrmuscheln umschlossen von einem grauen Headset, mein Pupillen geweitet. Sie saugen die 60 Frames pro Sekunde mit ihren flackernden Farben gierig vom Computerbildschirm, meine Nase will schon seit einigen Minuten gekratzt werden, aber ich ignoriere den Juckreiz, um die Hände nicht von Tastatur und Maus lösen zu müssen. Neben mir trocknen die Überreste einer 5-Minuten-Terrine, Kartoffelbrei mit Frühlingszwiebeln und Croutons, in die senkrecht ein Suppenlöffel hineingesteckt ist. Wie ein kleines Exkalibur ragt er aus dem Plastikbecher, ich werde ihn dort Jahrhunderte lang nicht hinausziehen.

Im Hochbett über mir schläft meine Freundin einen ruhigen Schlaf. Das heißt, ich weiß das nicht genau. Wäre er unruhig, würde ich es nicht mitbekommen. Meine gesamte Aufmerksamkeit ruht auf dem Geschehen am Bildschirm. Ein Magier, den ich durch die Weiten von Azeroth steuere und zur jeweils nächsten Quest bugsiere, die in der Regel daraus besteht, Eisbälle auf Fabelwesen unterschiedlicher Größe zu feuern und nach und nach meine Ausrüstung zu verbessern, um meine Eisbälle unbeschadet auf größere und stärkere Fabelwesen feuern zu können. Ich kann meine Gegner in Schafe verwandeln, um sie unschädlich zu machen, besitze Eiswellen, die sie auf dem Boden festfrieren, beschwöre Wasserelementare, verlangsame, vergifte, verbrenne. Die ganze Nacht. Als der Morgen durch meine Fenster bricht, spüre ich den ersten Anflug von Müdigkeit. In zwei Stunden muss ich in der Klinik sein, ein kurzes Schläfchen schadet sicher nicht. Ich logge mich aus, fahre runter, kuschele mich neben meine Freundin und falle innerhalb weniger Sekunden in einen kurzen, traumlosen Schlaf.

Ich meine damit keine bestimmte Nacht, sondern eigentlich alle Nächte, seit ich im Zivildienst bin und meine Freundin ihr FSJ macht. Wir sind beide 18, die Schule liegt hinter, die Möglichkeiten der Welt vor uns. Meine engen Freunde sind in Australien, an der Uni, feiern Partys, legen auf. Mein Tag besteht aus Putzdiensten in der Klinik, die Nächte aus World of Warcraft. Meine Freundin und ich sehen uns beim Abendessen, manchmal kochen wir was zusammen, reden über den Tag und tauschen ein paar Küsse aus. Dann geht sie ins Bett und ich fahre den Computer hoch.

Ich würde gern meinen Arm durch die Zeit strecken können, ihn mir auf die Schulter legen und fragen, wie es mir mit all dem geht. Denn ich weiß nicht mehr, ob es mir überhaupt *irgendwie* ging. Ich war nicht frustriert, nicht traurig. Es gibt nicht auch nur ein Foto von dieser Zeit, von unseren Abendessen nicht, von den Wochenenden nicht, aus der Klinik nicht. Ich führe kein Tagebuch, keinen Kalender. Ich wandele durch das Leben eines Fremden, ohne eine Spur zu hinterlassen.

An meinem ersten Tag in der Klinik begegne ich einem Mann mit einem fußballgroßen Hoden. Er liegt nicht im

Bett, sondern sitzt im Rollstuhl in der Mitte des Zimmers, mir hat er den Rücken zugewandt.

»Das macht doch keinen Sinn mehr«, murmelt er und starrt auf das Monstrum zwischen seinen Beinen.

Keine der Schwestern hat mich vorgewarnt und da stehe ich, ein Tablett mit Klinikessen in der Hand, das ich diesem Mann ans Bett legen soll. Er starrt, ich starre und er murmelt noch einmal: »Das macht doch alles keinen Sinn mehr.«

Das ist eine der wenigen Erinnerungen, die ich habe.

Eine andere: Ich stehe im Flur der Tagesklinik, meinem Arbeitsplatz der Alltäglichkeit und Langeweile, und mit einem Mal ist etwas in der Luft, etwas Elektrisches. Ich blicke auf und sehe am Ende des Flures eine Menschentraube um eine Trage, die näher rast. Auf der Trage kniet der Oberarzt meiner Station und drückt mit rhythmischen Bewegungen auf einen blutigen Leib ein. Immer schneller kommen sie näher, instinktiv habe ich mich an die Wand gedrückt. Der Oberarzt ruft etwas, ich verstehe es nicht. Dann noch einmal. »Fahrstuhl!«. Ich kapiere es nicht. Jemand löst sich aus der Traube und jetzt schalte ich: Sie müssen direkt an mir vorbei nach oben, mit dem Fahrstuhl in den zweiten Stock. Ich renne voraus, drücke den Knopf, die Türen gleiten beiseite, ich springe aus dem Weg und sehe die Traube samt Trage um die Ecke biegen. Wieviel Blut es ist. Es wirkt, als würde der Oberarzt auf eine rote Pfütze einschlagen. Die Fahrstuhltüren gleiten wieder zurück, die Trage rauscht aber noch ungebremst auf die sich schließende Wand zu. Während ich nicht in der Lage bin, auch nur ein anderes Wort als »Scheiße« zu denken, hechtet der Oberarzt von der Trage, ist mit zwei großen Sätzen am Spalt, in den er gerade noch einen Sneaker unterbringt und schiebt die Türen kräftig zurück. Der Fahrstuhl schluckt Trage und Traube. Es vergehen einige Sekunden, bevor ich mich wieder bewegen kann.

Dass ich nicht Medizin studieren will, steht fest, seit ich den Klinikalltag beobachtet und mich für untauglich befunden habe. Untauglich für das Stationsgeschwätz, das viele Kaffeetrinken und ironischerweise auch die endlosen Stunden vorm PC, die die Ärzte dort zubringen. Was auch immer mein Job sein wird, er wird nicht hauptsächlich vorm PC stattfinden. Das ist ein innerer Schwur, ein unausgesprochenes Versprechen an mich selbst. Auch diesen seltenen heroischen Moment auf der Trage hätte ich vergeigt. Nachdem Chefarzt-Friedrich gegen die Fahrstuhltüren gedonnert wäre, hätte er den dummen Zivi angeschrien, er müsse doch dafür sorgen, dass die Türen aufbleiben, Gott noch eins! Niemals hätte ich so schnell geschaltet. Der Junge, der da wiederbelebt wurde, hat es zwar nicht geschafft. Aber am Arzt lag es nicht. Ich wiederum hätte mir etwas vorzuwerfen gehabt und die Schuld hätte mich erdrückt.

Eine der größten Errungenschaften in World of Warcraft ist damals das fliegende Reittier, ein Greif, der einen durch die Lüfte trägt. Um ihn sich leisten zu können, muss man hunderte Stunden gespielt haben und Unmengen an Gold aufbringen. Als ich beschließe, meinen Account zu kündigen, habe ich noch keins und will wissen, wie es sich anfühlt. Ich biete sämtliche meiner Tränke zum Verkauf, kratze alles zusammen, es reicht knapp. Ich kaufe das Reittier, fliege fünf Minuten damit herum, dann schicke ich einem Bekannten Accountnamen und Passwort. »Viel Spaß damit«, schreibe ich ihm.

Die Entscheidung gegen das Zocken ist eine Entscheidung für die Erinnerung. Ich fange wieder an, zu schreiben, traue mich langsam wieder, etwas hineinzuritzen in die Membran der Welt. Es reicht noch lange nicht für den ersten Auftritt, alles passiert verschämt und vorsichtig und im Stillen. Aber ein Anfang ist gemacht.

Gastrolektionen

Ich habe geputzt, Betten bezogen, Oberflächen desinfiziert, Laborproben herumgetragen, Fische entladen, Trays gespült, Weinstöcke abgerubbelt, Drähte gezogen, Hopfen gedreht und Trauben geerntet. Mein intensivster Nebenjob aber war in der Gastro. Es gibt hunderte Gastrolektionen. Ich habe mindestens drei davon gelernt.

Ein krachend heißer Sommertag, 2008. Ich arbeite als Aushilfe bei *FritzMitte*, der besten Pommesbude der Stadt. Meine Freundin verflucht mich dafür, nach jeder Schicht komme ich nach Frittierfett stinkend heim, so richtig abwaschen lässt sich der Geruch nie. Dann geht es auch schon zur nächsten Schicht. Es gibt einen mageren Fünfer die Stunde, mit Trinkgeld vielleicht sechs. Aber es ist mein erster Job nach dem Zivi, ein bisschen stolz auf das eigene Geld bin ich schon, außerdem will ich ja nach Neuseeland.

Mit der rechten Hand rüttele ich ungeduldig am Frittierkorb, mit der linken wische ich mir den Schweiß von der Stirn. Noch ist nicht viel los, es geht auf die Mittagszeit zu und je größer mein Vorratsberg, desto kürzer die Schlange. Aber ich muss realistisch sein: Bis 12 keine Schlange länger als 20 Meter, dann wäre ich schon zufrieden. Die angeritzten Currywürste halten bis 1, der Majovorrat hoffentlich bis 2. Noch in der Mittagszeit eine neue rühren, das sähe nicht gut aus. Jeder überflüssige Handgriff bedeutet mehr Schlange.

Mein flüchtiger Blick aus dem Fenster bleibt an einer weißen Stretchlimousine kleben, die sich rückwärts über das Kopfsteinpflaster der Wagnergasse schiebt. Soweit ich weiß, steht kein Staatsbesuch an, und es ist deutlich zu früh für einen Junggesellenabschied. Neugierig beäuge ich die locker 7 Meter lange Karosserie. Schräg gegenüber kommt der Koloss zum Stehen. Aus einem heruntergelassenen Fenster meine ich, einen weißen Handschuh zu erspähen, kurz darauf öffnet sich eine der Flügeltüren. Ein Bulle steigt aus, seine Piercings gehen lückenlos in Bart, Tattoos und eine mit Aufnähern übersäte Jeansjacke über. Einige Kinder springen hinter ihm aus der Limousine und toben über das Pflaster. Wem der weiße Handschuh gehört, kann ich nicht erkennen, die zierliche Gestalt bleibt im Schatten. Der Bulle dreht sich Richtung meiner Durchreiche und stapft zielgerichtet herüber. Will der etwa …?

»Fünf Currywurst mit Pommes.«

Seine Stimme wirkt sanft, fast zurückhaltend, doch sein Äußeres sagt: Wenn das hier länger als fünf Minuten dauert, gibts zu den Pommes deinen linken Zeigefinger. Zwischen seinen Fingern rollt er ungeduldig einen 50er.

»Zum Mitnehmen oder auf die Hand?«, murmele ich betont lässig. Es klingt nicht lässig.

»Mitnehmen«, grummelt er etwas weniger sanft.

Ich mache Tempo. Das Messer sirrt, das Fett blubbert, mein Schweiß rinnt, die Mayo kleckert, die Servietten saugen, die Styroporboxen quietschen, die Plastiktüte knistert, das Wechselgeld klirrt, alles wie im Tunnel. Erst als der Bulle sich ohne ein Dankeschön oder einen Cent Trinkgeld abwendet, bemerke ich meinen rasenden Puls. Ich nehme die Schürze ab und gehe an die frische Luft, ich brauche ein paar Atemzüge ohne Frittierqualm in der Lunge. Aus dem Augenwinkel sehe ich, wie der Bulle zusammen mit den tobenden Kindern wieder einsteigt und die Limousine davonrollt. Aus dem Café gegenüber kommt ein Kollege herüber, der alles beobachtet hat. Er klopft mir auf die Schulter, ich habe viele Fragen.

Meine erste Gastrolektion: We're not in Kansas anymore. Eigentlich hätte ich das schon am ersten Tag wissen müssen, als mich meine neuen Kollegen mit dem Spruch begrüßten: »Ist geil hier, am Eingang von der Gasse ist immer gut Fotzen glotzen.« Nicht unbedingt der Umgangston, den meine behütete Gymnasiastenseele gewohnt war. So richtig klar wurde mir das aber erst an jenem krachend heißen Sommertag, als ich erfuhr, dass Teile meiner schönen Wagnergasse in den Händen der Motorradgang Bandidos liegen. Und sie es sich nicht nehmen lassen, auf ihre Präsenz mit einem überdimensioniert-fallischen Statussymbol hinzuweisen. Zugegeben, überdimensionert-fallische Statussymbole sind für die um den Jentower arrangierte Stadt nichts Ungewöhnliches, an diesem Sonntag aber hat es mich kalt erwischt. So klein, so gemütlich, so studentisch Jena auch sein mag, auch hier gibt es Straßen und mit ihnen ein Gesetz, das in keiner Verwaltungsordnung steht.

Ein gemütlicher Dienstagabend, 2015. Ich arbeite als Aushilfe in einem Irish Pub. Bei mir ist einiges noch nicht da, wo es sein soll: Umsicht, Schnelligkeit, Whiskyexpertise, Kopfrechnen, die ruhige Hand am Zapfhahn, um ein formschönes Kleeblatt in den Guinness-Schaum zu zaubern – meine Talente liegen offensichtlich woanders. Aber heute ist eine gute Schicht: federnde Fiddle-Rhythmen treiben mich treppauf, treppab, das Knattern der Kasse schmiegt sich in das Knarzen meiner Treppenschritte, zischend gebärt die Zapfanlage schaumige Pints, die unter Schmatzern und Schlürfern durstige Kehlen herabstürzen und rülpsige Wohllaute der Erfrischung hervor... ich will kollektiven Alkoholrausch hier nicht übermäßig romantisieren, aber gerade finde ich es wirklich ganz schön.

Ich stelle eine neue Runde Kilkenny bei drei Metaller-Jungs auf den Tisch und wünsche guten Durst, als einer der drei – recht stämmig, Nietenarmbänder, Bart, langes, rauschendes Haar – plötzlich mit seinem Arm an meine Hüfte schlägt. Ich drehe mich zu ihm um.

»Schon eins zu viel?«, gebe ich mit einem Lächeln zu bedenken, doch die anderen beiden blicken ihren Freund besorgt an.

Seine Augen sind geschlossen, er scheint wie unter Strom zu stehen.

»Das hat er manchmal«, meint einer der beiden. »Das ist gleich wieder vorbei.«

»Was genau meinst du?« Ich schalte erst nicht. Dann: »Er krampft, oder?«

»Ja, das ist ein Anfall.«

Scheiße. In meiner Zeit als Zivi in der Notaufnahme habe ich zuletzt einen Krampfanfall gesehen. Ich erinnere mich an die Geistesgegenwärtigkeit des Pflegers, der sich innerhalb der ersten Frühwarnzeichen auf den Mann drauf stürzte, zum Beistelltisch griff und ihm einen Schaumgummikeil in den Mund rammte. »Damit er sich nicht die Zunge abbeißt«, erklärte er mir später. Das Beeindruckendste daran: Es ging erst richtig los, nachdem der Pfleger alles vorbereitet hatte.

»Ich hole einen Korken!«, sage ich. »Braucht er einen Notarzt?«

Seine Kumpels streichen über seine Arme und reden ihm gut zu. Metaller, denke ich. Nietenübersähte Schale, kuscheliger Kern. Ich habe noch nie einen Metaller getroffen, der nicht zum Knuddeln ist.

»Nein, er fängt sich gleich wieder.«

»Seid ihr sicher?«

»Ja.«

Ich rufe keinen Arzt, gebe der Bar Bescheid.

Es scheppert, ein Glas fliegt zu Boden.

»Scheiße!«, brüllt einer der Jungs.

Ich renne mit dem Handfeger zurück.

Wir schieben die Tische beiseite, die Gäste rundherum sind aufgestanden und machen Platz.

»Ruf den Notarzt!«, brülle ich zur Bar.

Die Krämpfe sind heftiger geworden, er kann sich nicht mehr auf dem Stuhl halten. Gestützt von seinen beiden Jungs sackt der wirklich kräftige Kerl zu Boden. Hab ich alle Scherben erwischt?

»Notarzt ist in fünf Minuten hier!«, kommt es von der Bar.

Die Bewegungen schießen in jede Richtung. Seine unkontrollierten Gliedmaßen malen einen Bierengel in die Guinnesslache unter dem Tisch. Seine Kumpels versuchen nach Kräften, die ausladenden Bewegungen abzufedern. Wir versuchen es zu dritt, ich bin kaum eine Hilfe. So viel Kraft. Etwas kratzt scharf über den Holzboden.

Scheiße.

Doch noch eine Glasscherbe. Sie hat sich ins Handgelenk gebohrt, wieder und wieder schiebt er die Scherbe an seiner Hand über den Boden, Blut mischt sich ins Guinness. Wir stürzen uns zu dritt auf den Arm und kriegen die Scherbe raus. Mit seinen frei wirbelnden Beinen wirft er einen Stuhl und noch einen Tisch um. So viel Kraft. Wir machen die ganze Fläche frei, festhalten können und sollen wir ihn nicht, aber er darf an nichts mehr rankommen oder sich was aufreißen.

Scheiße.

Als der Notarzt endlich eintrifft, sorgt seine kräftige Spritze dafür, dass er endlich zur Ruhe kommt. Der Korken, denke ich. Den Korken habe ich völlig vergessen.

Scheiße.

Meine zweite Gastrolektion: Du bist nicht auf alles vorbereitet. Letztlich arbeitet man nicht mit Bier oder Pommes, sondern mit Menschen, und das kann eine Schicht zu einem verzückten Rausch oder einem kompletten Alptraum machen und es ist unmöglich, vorher zu wissen, was heute kommt. Manchmal gibt es beides am selben Abend. Dass meine Talente woanders lagen, sagt sich heute leicht, damals äußerte sich das in einem dezenten Panikgefühl, das vor jeder Schicht hochkochte. In meinen Angstvorstellungen sah ich keine blutigen Glasscherben, eher, dass mir ein Tisch abhaut, dass die Kasse nicht stimmt, dass ich Bestellungen vergesse. Diese Fülle an banalen Dingen, die schiefgehen können. Es dauerte ewig, bis ich nach den Schichten schlafen konnte. Dafür ratterte einfach zu viel. Ein Feierabendbier half, aber wenn drei oder vier draus wurden, zahlte ich das mit einem verschepperten Vormittag und noch mehr Panik vor der nächsten Schicht. Ich will mir nicht ausmalen, wie manche Abende für meine Kolleginnen gewesen sein müssen: all das *plus* die Sprüche, das Glotzen, das Grapschen oben drauf. Damals dachte ich allen Ernstes: Na ja, die bekommen auch das doppelte Trinkgeld dafür – ohne mich zu fragen, ob das ein angemessener Preis ist.

Die vermutlich eindrücklichste Szene meiner Gastrozeit erlebe ich nicht in Jena, sondern auf Messe in Berlin. In den Semesterferien verdiene ich mich damals als Küchenhilfe und Servicekraft für eine kleine Agentur, die studentische Hilfen an Großkunden wie Miele, Daimler oder MAN vermittelt. Messe heißt 14 bis 16 Stunden am Tag, keine festen Pausen, Kisten schleppen, Tabletts balancieren, Geschirr und Teller im Akkord, eine Woche richtig ballern, über die Grenze drüber. Im wahrsten Sinne des Wortes ein Knochenjob, der uns alle in die Knie zwingen würde, wenn die Köche nicht wären. Die Köche sind in unseren Augen zu Übermenschlichem fähig. Wir wissen nicht, wann und ob sie schlafen. Sie kommen noch vor uns und ackern noch länger, sie herrschen uns an, als wären wir ihre Sklaven, aber da sie so hart schuften, haben wir trotzdem nichts als Respekt für sie übrig.

Es ist der letzte Abend bei Miele, es hat in Strömen geregnet. Die warme Küche steht in einem kleinen Container neben dem Getränkelager, am letzten Abend gibt es traditionell Currywurst. Wir haben hauchzarte Scheiben eines 5 000-Euro-Schinkens serviert, raffinierte Trüffel-Tartes gereicht und Blattgold-Häppchen anempfohlen, aber kein Gericht wird so herbeigesehnt wie die Currywurst. Als Logistiker muss ich ständig an der warmen Küche vorbei und sehe die letzten Vorbereitungen. Der Topf fasst über 100 Liter Curryketchup, die beiden Köche wuchten ihn zu zweit vom Herd. Dann passiert es: Der vom eingeschleppten Regen nasse Gummiboden ist eine Spur zu glitschig für die schwere Ladung. Der jüngere Koch gerät ins Straucheln, rutscht weg, er hält sich an nichts weiter fest als dem Topf und reißt ihn mit zu Boden. Ein Schwall kochend heißer Curryketchup ergießt sich auf ihn. Niemand realisiert sofort das eigentliche Drama. Die Kochweste schützt ihn etwa drei Sekunden, dann aber sickert der Ketchup durch. Er schreit, reißt seine Augen auf, schmerzerfüllte Rufe hallen über den Hof, er versucht, sich die enge Kleidung vom Leib zu reißen, schafft es nicht. Der Kollege und die zwei Aushilfen springen herbei, reißen. Überhaupt keine Chance. Die weiße Arbeitskleidung ist 20 bis 30 Mal verschnürt und sitzt als brennend heißes Korsett auf seiner Haut. Der Ketchup hat keinen Luftkontakt, kann nicht herunterkühlen. Er schreit immer lauter. Ich bin gelähmt. Mein Hirn blank. Das Gesicht der Kochs ist purer Schmerz. Ich kann nicht wegschauen, nichts denken, nicht helfen. Ich kann nur dastehen und nichts tun.

Der Kollege, der bis eben an den Schnüren gerissen hat und sich dabei ebenfalls die Hände verbrannt hat, wuchtet ihn mit den zwei Aushilfen nach draußen. Unter der Kleidung kocht es. Mit jeder Sekunde wird es schlimmer. »Messer!«, schreit er. Niemand schaltet. Er springt wieder rein, greift sich ein großes Küchenmesser aus dem Block und kniet sich über den Kollegen. Die anderen beiden fixieren ihn. Dann schneidet er ihm vom Kehlkopf abwärts die Kleidung vom Leib. Ein großer Cut mitten durch die

Weste. Der Koch kann sich befreien, reißt sich das vom Ketchup getränkte Unterhemd vom Leib und feuert es von sich. Er wuchtet sich auf, zündet sich eine Zigarette an. Atmet durch. Zehn Minuten später steht er wieder in der Küche und macht nochmal 100 Liter Ketchup. Alles, was sie drinnen von dem Vorfall mitbekommen, ist eine leichte Verspätung ihrer geliebten Currywurst.

Meine dritte Gastrolektion: Das Team ist alles. Es muss kein Schwall kochender Ketchup über dich drüberlaufen, damit der Job hart ist. Aber wenn so etwas passiert, bist du dankbar für jede Sekunde, die jemand schnell genug schaltet. Keine Ahnung, ob sowas in der Kochausbildung vorkommt. Ich schätze mal nein. Aber das war nicht weniger als eine Heldentat.

Auf Messe erlebe ich in kondensierter Form, was Gastro mit dir machen kann: Alle gehen bis an ihre Grenze, aber weil ringsherum keiner das Handtuch wirft, machen auch einfach alle weiter. Und so lernst du neu, was deine eigentliche Grenze ist. Das ist wohl, was man »über sich hinauswachsen« nennt und was ich seitdem nirgends so intensiv gespürt habe. Ein guter Freund, der mir damals den Messejob vermittelt hat, hat kurz nach Berlin seinen Bachelor in Kunstgeschichte geschmissen und eine Ausbildung zum Koch gemacht. Ich glaube, er wollte so werden wie die beiden.

Als Bedienung erkennt man die Leute, die selbst in der Gastro gearbeitet haben, ziemlich schnell. Sie beäugen deine Bewegungen kritisch, sind freundlich, sagen artig Bitte und Danke, aber unterschwellig spürst du ihre Blicke und ihr Urteil. Sobald du außer Hörweite bist, tauschen sie mit gesenkter Stimme ihre Einschätzungen zu deiner Performance aus. Und wenn du nicht komplett verkackst, geben sie das beste Trinkgeld.

Theo van Gogh

In der kleinen Kammer neben der Küche stand unser erster Computer. Ein Koloss, dessen Leistung sich alle zwei Jahre durch neu hineingeschraubte Festplatten, Grafikkarten und Arbeitsspeicherupdates verdoppelte. Wir zockten, hingen in Internet-Foren, bauten Beats, nahmen kleine Songs auf. Für mich ist diese Kammer Kindheit, für meinen Bruder die Gegenwart.

»Ich besuche meinen großen Bruder in Bremen« – ein sehr solider Satz, eigentlich. An einem Dezemberabend öffnest du mir die Tür. Ich bin beeindruckt vom flauschigen Teppichboden in deinen Töpfen. Im Bad ein Wäscheberg, dessen eingeschlossene Feuchtigkeit sich allmählich an die Oberfläche schimmelt.

»Ich hab nur ein bisschen aufgeräumt«, sagst du.

Das halbfertige Porträt zweier Liebender hängt im Flur. Mangagroße Augenpaare, die sich im satten Grün unter einer Kastanie begegnen. Etwas kitschig, aber ziemlich rührend, so hast du immer schon gemalt: genug Talent, um reich zu werden, und genug Verpeiltheit, um für immer arm zu bleiben.

Wir kochen Spaghetti und ertränken sie in Tomatensoße. Ein Leben lang war das unser Sonntagsessen, schon das von Mama und Papa, die sich immer sonntags sahen und liebten, nach dem Gottesdienst. Wir beide, gezeugt im postsakralen Spaghetti- und Tomatenrausch, machen jetzt ein Foto von uns und schicken es den Eltern. Im Hintergrund die einzige Ecke deiner Wohnung, die nicht Verwahrlosung schreit. Später in dieser Nacht sagst du, dass du noch nie mit einer Frau geschlafen hast, die du schön fandest. Warum du nicht mehr zeichnest, frage ich. Du zuckst mit den Schultern: »Keine Zeit.«

»Ich spiele jetzt League of Legends« – ein sehr solider Satz, eigentlich. Klingt weniger dramatisch als: »Ich schnupfe jetzt übrigens Crystal.« Aber natürlich nicht so handfest. Nicht handfest genug, um dich einweisen zu können.

League of Legends – L O L – lol.

Das sagten wir vor gefühlt 20 Jahren zueinander, wenn wir etwas witzig fanden, »lol« anstelle von »witzig«. Hin und wieder sage ich es noch, ironisch.

LOL – Läuft jetzt auf dem sirrenden Quader, der das Zentrum deines Zimmers und Seins bildet, flimmert über die erdrückend großen Monitore, die im Halbrund nach dir greifen, die ganze Nacht, während ich mich neben dir auf der durchgelegenen Matratze von Minutenschlaf zu Minutenschlaf wälze.

LOL – Die 3 Sätze, die als Evergreens schon seit Jahren unverändert an der Spitze meiner Singlecharts des Selbstbetrugs stehen, lauten: »Er fängt sich sicher wieder«, »Vermutlich braucht er einfach mal 'ne Freundin« und: »Gerade geht's ihm richtig gut«.

LOL – murmelst du es leise vor dich hin, als du am nächsten Morgen vergorene Milch in den Ausguss kippst, ohne jede Ironie.

LOL – Die Droge, die dein Leben zerstört, sollte nicht so einen lächerlichen Namen tragen dürfen, finde ich. Du sollst bitte an den großen Dingen scheitern. An der Welt, dem Schmerz, der Kunst. Aber nicht daran, dir ein gottverdammtes Müsli zu machen.

»Er hat mit allem, was man Konventionen nennt, gebrochen. Seine Art, sich zu kleiden, und seine Allüren lassen sofort erkennen, dass er ein besonderer Mensch ist, und seit Jahren sagt, wer seiner ansichtig wird: ›Das ist ein Verrückter.‹« Das schreibt Theo van Gogh über seinen Bruder Vincent in einem Brief an seine Verlobte. Die van Goghs waren Pfarrerssöhne, wie wir beide. Theo, der jüngere, ein beflissener Geschäftsmann, Vincent, der ältere, der gebrochene Künstler. Dass sein Bruder ein Verrückter war, hat Theo nicht abgehalten, große Teile von Vincents Kunst aufzukaufen und sie für die Nachwelt zu konservieren. Ohne Theo gäbe es heute nicht den Vincent v. Gogh, den wir kennen.

»Ich will dein Theo van Gogh sein« – ein sehr solider Satz, eigentlich. Wenn du einzelgängerisch über den Schulhof schlurftest, wenn du last, stundenlang last, ohne jeden Durst und Appetit, wenn deine Tür tagelang verschlossen blieb, wenn die schweißsaure Luft aus deinem Kinderzimmer langsam in den Flur sickerte und ich manchmal hineinlugte in diese stickige Kammer und diese Wände sah, übervoll mit Basteleien, Kohlezeichnungen, Schraffuren, und diesen Boden sah, übervoll mit Socken, Essensresten, geknülltem Papier, verworfenen Skizzen, und deine Haltung sah, gebückt, wie in einen endlos tiefen Brunnenschaft hinstarrend und manisch kritzelnd mit der linken, unserer linken Herrmann-Hand, von der alle sagten, ich habe sie mir doch nur bei dir abgeschaut, wie ich mir alles bei dir abgeschaut habe, dann dachte ich: Das ist er eben! Ein Verrückter! Ein Maler! Ein Vincent! Mein Bruder!
Jetzt denke ich: lol. Deine Spielsucht hat dich nicht gerade in die Liga der Legenden befördert. Wie kannst du es wagen, ein Talent, das meines um so vieles überragt, in diese sirrende Kiste zu sperren? Da drinnen wirst du nicht mal genug Platz haben, um dir dein Ohr abzuschneiden.
Ich war immer jünger, aber nicht immer größer als du. Es gibt ein Foto von uns beiden auf Rügen. Die Arme einander um die noch gleich hoch gewachsenen Schultern

gelegt, unsere noch strohblonden Haare und breites, lückenhaftes Grinsen, in Szene gesetzt durch die versinkende Ostseesonne. Wir sind nicht voneinander zu unterscheiden. Etwas kitschig, aber ziemlich rührend. Wieder zu Hause starre ich auf dieses Foto. »Wenn meine Liebe zu dir sich nur daran misst, was du erreicht hast oder nicht, dann verdient sie kaum, so genannt zu werden« – ein sehr solider Satz, finde ich.

Die Nachtschicht

Als es sie noch gab, endeten nicht wenige Aftershows in Erfurt in der Nachtschicht. Ein unscheinbarer Laden, kein Schriftzug, versperrte Fenster. Man musste klopfen, um eingelassen zu werden. Wenn sich die Tür öffnete, entwich eine verheißungsvolle Rauchwolke, hinter der ein strenger, musternder Blick wartete. War man einmal drinnen, empfingen einen sensationell günstige Getränke, Billard, E-Darts, ein Spielautomat und legendäre Nächte. Zusammen mit meinem Lesebühnenkollegen Flemming Witt schrieb ich für eine Jazzausgabe ein Tribute an diese schummrig-schöne Spelunke.

Die Dunkelheit hat sich im Sturzflug über die Stadt hergemacht wie ein ausgehungerter Raubvogel. In der engen Gasse hängt der Gestank von Dönerfleisch, ein beißender Dampf, in Szene gesetzt durch das fahle Laternenlicht. Meine Schritte verhallen dumpf auf dem Kopfsteinpflaster. Vorsichtig taste ich auf der Innenseite meines Mantels nach der Papiertüte. Sie ist noch da. Natürlich ist sie das. Natürlich. Aus einer unscheinbaren Tür ziehen Qualm und gedämpfte Stimmen auf die Straße. Unbemerkt hefte ich mich an die Gruppe, die sich hineindrängelt. Nicht auffallen, immer schon mein herausragendstes Talent.

Als die Tür hinter mir ins Schloss fällt, finde ich mich in einer anderen Welt wieder. Die schwere Luft und das rhythmische, gelblich bis lilafarbene Leuchten der fünf einarmigen Banditen, die rechts an der Wand aufgereiht sind, wirken hypnotisch, fast berauschend. Die ehrliche Spelunke reicht mir eine geschundene und leicht dreckige Hand, aber es ist die erste Hand, die sich seit Langem in meine Richtung bewegt. Ich ergreife sie und lasse mich ein paar Schritte tiefer durch die in der Luft stehenden Rauchschwaden in den dämmrigen Innenraum ziehen.

Mein Blick fällt auf die holzvertäfelte Bar. In ihrer Mitte thront eine üppige Dame mit offenem, silbrigen Haar. Über ihre Schultern fällt ein leicht vergilbtes Poliertuch, mit dem sie in energischen, stoßhaften Bewegungen einen Bierkrug auswischt. Wie ein Zepter schwingt sie ihn durch die Luft, kneift ein Auge zu, hält ihn gegen das Licht, stellt ihn ins Regal und greift zum nächsten. Als ich mich nähere, mustert mich ihr stummer Blick wie einen Untergebenen am Königshof. Ihr Blick ist mein Fixpunkt in diesem Kaninchenbau, der mich längst in seinen Bann gezogen hat.

»Ein Bier, bitte.«

»Möchte wer?«

»Möchte ich.«

»Hat ›ich‹ einen Namen?«

»Ist der von Interesse, um ein Bier zu bestellen?«

»Du warst offensichtlich noch nicht in der Nachtschicht.«

»Nein, das ... Johannes.«

»Bine.«

»Sehr erfreut.«

»Groß oder klein?«

»Ähm, was kostet denn so ein Pitcher?«

»Du meinst 'ne Kanne? 3,50.«

»Dann eine Kanne, bitte.«

»'N Glas?«

»Ein Glas ... Warum schreibst denn meinen Namen da drauf?«

»Wenn du das Glas zerbrichst, zahlst du's.«

»Sind das die Nachtschicht-Regeln?«

»Es sind meine Regeln.«

»Ist das nicht das Gleiche?«

»So ziemlich.«

»Mach 5, bitte.«

»Der edle Herr ...«

»Was schaust du da unten nebenbei?«

»Ein Wettessen.«

»Sind das Hotdogs?«

»Ja.«

»Wo ist das?«

»New York.«

»Ist das live?«

»Nein.«

»Wer gewinnt?«

»Joey Chestnut.«

»Wie viele schafft er?«

»Zweiundsiebzig.«

»Zweiundsiebzig?!«

»Ganz genau. Zweiundsiebzig in zehn Minuten.«

»Mein Gott, diese Geschwindigkeit. Das ist mehr als Schlingen und Stopfen, das ist ja ... fast nicht menschlich. Das könnte ich nicht.«

»Das kann niemand. Nur Chestnut. Sein Spitzname ist ›Jaws‹.«

»Joey ›Jaws‹ Chestnut.«

»Unangefochtener erster Platz in der Major League Eating. Er hält Rekorde in 43 Disziplinen: 2013 aß er 141 hartgekochte Eier, 2016 6,8 kg von St. Elmos Shrimp Cocktail. Erst letztes Jahr: 126 Tacos nach traditioneller Zubereitung. Außerdem 5,4 kg frittierten Spargel. Und einen ganzen Truthahn.«

»Eine lebende Legende ...«

»Der größte Esser unserer Zeit.«

»Joey ›Jaws‹ Chestnut.«

»Unglaublich, oder?«

»Ja, das müsste man mal live erleben.«

»Ja, das müsste man.«

Ich starre noch einige Minuten auf den flackernden Bildschirm. Wenn ich die Augen ein wenig zusammenkneife, dann sehe ich Bines silbergraue Haare da in der tobenden Menge funkeln, ich daneben, wie wir ein Chestnut-Schild halten und ihn zum Sieg brüllen. Am Ende steht sie, die Zahl 72. Weltrekord. Glücksgefühle durchströmen mich, im gleichen Moment wird mir kotzübel.

In der rechten Ecke des Raumes, dort, wo der letzte der einarmigen Banditen seine Kakophonie der Lichter orgelt, scheint die Luft ein wenig kühler, weniger stickig zu sein. Einsam, doch mit einer eigenartigen Aura der Würde, hockt dort ein grauhaariger alter Mann gebeugt vor einem der Automaten und nippt an seinem Bier. Ich beobachte ihn ein paar Sekunden und nehme seine anmutige Choreographie in mich auf. Mit den immer gleichen, fließenden Bewegungen schmeißt der Alte mechanisch, ohne den Blick vom Bildschirm des Automaten abzuwenden, eine Münze nach und zieht den Hebel. Behäbig setzen die Walzen sich in Bewegung, scheinen fast erschöpft vom jahrelangen Rotieren, und während die bunten Bildchen verschwommen schnell vorbeirasen, wirft das flackernde Licht tiefe Schatten in sein faltiges Gesicht. Seine Augen leuchten auf, lassen ihn kurz jünger und belebter wirken. Dann fingert er eine neue Münze aus seiner grünen Kordhose und beginnt von Neuem. Ich nicke der Bardame zu und lasse mich dann zögerlich in den freien Stuhl neben ihn fallen, beobachte verstohlen noch ein, zwei seiner Durchläufe, versenke dann schließlich auch mein Wechselgeld in dem einarmigen Banditen neben ihm und betätige langsam den Hebel.

»Der da braucht eine starke Hand, sonst macht der, was er will.«

»Äh ... Wie bitte?«

»Dein Automat, Junge. Der kuscht nicht, wenn du den streichelst. Da musst du von Anfang an zeigen, wer der Boss ist, das ist 'ne Frage der Dominanz. Die Leute denken immer, die Automaten wollen ihre Freunde sein, aber es gilt immer noch das Gesetz der Natur, der Stärkere gewinnt. Der Letzte, der aus dem da regelmäßig was rausholen konnte, war Bizeps-Björn, '98 muss das gewesen sein. Wie der da an dem Hebel geruppt hat, ein Traum.«

»Ach so ... Na gut, dann ... haue ich vielleicht mal hier drauf ... Oder so ...?«

»Junge, du gefällst mir. So ein bisschen wie ich selbst, als ich hier angefangen habe. Man nennt mich Zwei-Groschen-Harry.«

»Johannes.«

»Kannst mich Groschi nennen. '94 bin ich hier mit zwei Groschen reinspaziert und ... was soll ich sagen? Ich hab gewonnen, genug Geld, um mir die Wohnung über dem Laden hier zu kaufen. Schau mal hier, die Plakette.«

»›Zwei-Groschen-Harry -Gedenkautomat‹. Beeindruckend. Und jetzt wohnst du hier und sitzt jeden Abend am Automaten?«

»Meine Frau, die Else, bringt ab und zu Erfrischungen nach unten und dafür bessere ich unsere Rente auf.«

»Und das reicht dir so? Wolltest du nie mal die Welt sehen? Abenteuer? Menschen? Leben?«

»Meine Definition von Glück: Der Hebel in der rechten Hand, mein Pils in der Linken, vor mir die Bildchen und am Ende des Abends wärmt Else mir das Kotelett vom Mittag auf.«

»Wirklich, Groschi, bis ans Ende deiner Tage?«

»Was denn sonst?«

»Ich seh da was vor mir: Du und ich, wir beide mieten uns einen alten VW-Bus und fahren damit quer durch Europa.«

»Einen VW-Bus?«

»Wir schauen uns alles an, das Kolosseum, den Eiffelturm, Stonehenge. Ohne Technik, wir reden mit den Einheimischen, lernen ihre Sprache, ihre Kultur, ihre Geheimnisse!«

»Wahrscheinlich noch zelten unter den Polarlichtern?«

»Mensch, Groschi, ich wusste doch, dass du schnell auf den Geschmack kommst! Ganz noch nach Schweden fahren wir! Fangen Fisch mit den Händen aus dem Fluss, laufen mit Elchen um die Wette, eins mit der Natur!«

»Hm. Das ... wär was.«

»Nur du und ich, wie in so einem Film, zwei Generationen, ein Abenteuer! Wir wollen doch insgeheim beide nur hier raus, Groschi. Die leere Straße vor uns, dahin fahren, wohin der Wind uns führt, mit den Stieren laufen, Windsurfen an der Ostsee.«

»Sowieso, sowieso.«

»Groschi, hier und jetzt entscheidet es sich. Bist du dabei?«

»Äh ... Weißt du was? Klar bin ich dabei. Klar doch! Ähm ... Ich muss nur eben ganz kurz weg, die Else braucht ihre Medizin.«

Die Walzen am Automat neben mir hören auf, sich zu drehen, und der Sitzplatz verwaist und wird kalt. Groschi verschwindet und ich schmecke kurz die Seeluft, das Abenteuer auf den Lippen, bevor ich realisiere, dass er wohl nicht zurückkehren wird. Es sind immer die Momente der Einsamkeit, in denen man sich seines Besitzes versichert. Meine Hand schnellt in die Innentasche und fühlt die knittrige Papiertüte. Sie ist noch da. Natürlich ist sie das. Natürlich. Ich schrecke hoch, ein lautes Fluchen ist vom Flipperautomaten her zu hören. Energisch tritt jemand dagegen. Es hat noch nie viel gebraucht, um meine Neugier zu wecken, im Moment gleicht sie der eines Vorschulkindes am Heiligabend. Ich luge um die Ecke und erblicke eine hagere Gestalt, ein strenger, schwarzer Pferdeschwanz wippt im Rhythmus der blinkenden Lichter, das Fluchen ist in ein resigniertes Grummeln umgeschlagen. Wie eine Löwin der Gazelle nähere ich mich.

»Entschuldigung?«

»Ein Scheiß is dit hier.«

»Ja, furchtbar, diese Dinger, nicht?«

»Kenn ich dich?«

»Name steht hier auf dem Glas.«

»Johannes also, kannst ja keen Schlechter sein, wenn Bine dir das Glas mitgegeben hat.«

»Was hat der Automat dir getan?«

»Mein Geld für den Bus nach Hause geschluckt. Einfach so. Dabei habe ich gerade den richtigen Rhythmus mit dem Flipper gefunden.«

»Bitter. Wie viel hast du denn schon reingesteckt?«

»Wird das jetzt 'n Verhör, oder was? Kannste mir aushelfen oder nich?«

»Hm, na ja, na gut, halt mal mein Bier, ich muss mal eben an die Innentasche ... Noch da, natürlich, hier ... Jetzt mach halt nicht so große Augen, ist auch nur Geld ...«

»Danke. Du kannst mir ja doch noch sympathisch werden. Beate.«

»Was?«

»Na, ich. Beate.«

»Ach so, natürlich.«

»Und, Johannes, wat fangen wir zwee Hübschen mit unserm Leben an?«

»Ach, ich wollte mit dem Harry ...«

»Vergiss den Harry, das is'n Schwätzer! Wir beide, wir sollten uns zusammentun ...«

»... und heiraten!«

»Wie? Was? Heiraten?«

»Na, na sicher doch! Ich kann uns die Hochzeit finanzieren! Und zahle was auf ein Sparkonto, für die Kinder und ihre Ausbildung!«

»So meinte ich dit jetzt aber nicht, mit dem Zusammentun.«

»Na, aber das ist doch ideal! Wir sind doch beide hier gestrandet, also kommen wir auch am besten zusammen wieder hier raus!«

»Jetzt hör ma, du bist mir vielleicht 'n Träumer! Wir kennen uns ja gar nich'! Kannst mich ja mal auf 'nen Kaffee einladen ... Oder in 'nen schickes Bistro, solltest du dir ja leisten können.«

»Ach was, kennenlernen! Abenteuer! Spontanität! Wir stürzen uns einfach ins Leben! Wenn der nächste Pfarrer hier reinwankt, nehmen wir den!«

»Heiraten ... Na ja ... Meine Mutti sagt ja auch immer: ›Wenn du es am wenigsten erwartest, Beate, dann steht er vor dir‹ und eigentlich erwart' ich es gerade immer noch nich', also passt das ja vielleicht.«

»Das ist doch mal ein Wort! Und dann ziehen wir nach Frankreich und machen ein Café am Strand auf! Und die Kinder spielen am Meer, wir nennen sie Frederik und Lydia und sie tragen kleine Latzhosen!«

»Und abends sitzen wir auf der Terrasse und trinken Wein und essen Käse und auf 'ner Schallplatte läuft André Rieu?«

»So ist es. Sobald ein Pfarrer hierherkommt. So lange warten wir ab.«

»Sicher doch ... So lange warten wir. Ach Mist, dieser scheiß Automat. Hilfst du nochmal aus?«

»Klar, ich investiere ja irgendwie auch in meine Zukunft. Hier. Und dann noch ein Bier vielleicht.«

»Mach mal, ich warte hier auf dich und den Pfarrer. Grüß mir Bine.«

Beate zieht am Plunger und vertieft sich wieder ins Spiel. Ihre Augen haften am Ball wie meine Schuhsohlen auf dem verklebten Laminatboden. Es scheint mir nicht, als könne sie sich hier losreißen, also muss ich es tun. Mit einem schmatzigen Geräusch ziehe ich meine Sohlen ab. Mein Bier hat sich geleert und mit ihm die Nachtschicht, der hartnäckige Spuckschluck besteht aus dem zurückgekehrten Zwei-Groschen-Harry, Beate und einem ins Gespräch vertieften, schwulen Pärchen, vor dem sich in schwindelerregender Höhe die Mexikaner-Gläschen stapeln. Mir ist auch nach einem Schnaps zumute, nach einem letzten Absacker, bevor ich mich in das Grau des Morgens stürze.

Ich stolpere, es kracht.

Ich muss eine Stufe vor der Bar übersehen haben, mein Bierglas ist mir aus der Hand gerutscht, auf einer der Scherben ist deutlich mein Name zu lesen. Ich sehe zu Bine, sie zuckt mit den Schultern und bittet mich herüber, ich hebe entschuldigend die Hände.

»Ich zahle das natürlich. Hier.«

»So ein Glas kostet nicht die Hälfte davon.«

»Das spielt keine Rolle.«

»Ach so?«

»Weißt du, was ich noch zahle?«

»Bin ganz Ohr.«

»Unseren Flug nach New York!«

»Freundchen, bist du dir sicher, dass du nicht zwei bis drei Gläschen über den Durst hattest?«

»Im Gegenteil! Es war genau die richtige Menge! Zum 4. Juli, zum Independence Day, sind wir beide auf Coney Island und schauen uns den Nathan's Hot Dog Eating Contest an!«

»Sind wir das? Und wer schmeißt in der Zeit den Laden?«

»Den Laden? Schau dich doch mal um, Bine! Das sind Spielerinnen und Zocker, die nichts mehr wollen vom Leben außer bunte Lichter und Geklimper! Aber wir beide, Bine! Wir beide wollen doch noch was, ich kann das sehen! Sowas seh ich immer in 'nem Menschen, da ist sowas in seinem Auge, wenn der noch was will, wenn der noch nicht aufgegeben hat. Siehst du das? Du siehst das doch auch, oder?«

»Du, Harry, kommst du mal eben?«

»Ich sag dir eins, Bine! Du bist zu gut für dieses Loch hier! Heute ist die Nacht, in der du dieses Poliertuch nimmst und es ein für alle Mal hinter die Theke schmeißt. Dir reicht es doch hier, nicht wahr? Weil du die Wahrheit kennst. Du weißt es doch genauso gut wie ich: Dass du nämlich was Besseres als die Versager hier bist, mit jeder Faser deines Körpers weißt du es doch! Das sieht man einfach, auf den ersten Blick sieht man das! Hier, nimm meine Hand, lass mich dich hier rausholen, diese Hand hier, die ist dein Schlüssel für die Tür, vor der du jahrelang gewartet hast. Weil sie zugesperrt war! Aber nicht länger, jetzt nicht mehr! Jahrelang hast du gewartet, das seh ich in deinem Blick. Dein Blick sagt mir...«

Bevor ich ein weiteres Wort sagen kann, ergreift Bine meine Hand. Sie schaut mich an, nicht mehr wie einen Untergebenen, sondern wie einen Gemahl! Wie einen Gatten! Zumindest scheint es mir so für diesen kurzen Augenblick. Ich höre, wie Harry hinter mir in die Scherben tritt. Ihr Blick rückt zur Seite, zielt an mir vorbei. Sie nickt kurz, dann kracht es und brennt. Mein Hinterkopf explodiert vor Schmerz. Mein Körper sackt vom Barhocker, ich klammere mich an den Tresen, krampfe, kann mich gerade so auf den Beinen halten. Bines silbrige Haare wehen über dem Tresen, umrahmt von hunderten Spirituosen steht sie über mich gebeugt. Die drehenden Walzen, das blinkende Lila der Banditen, New York, Chestnut, ein Truthahn, der alte VW-Bus, Polarlichter, André Rieu, Frederik und Lydia in Latzhosen, die Bilder rauschen und wirbeln ineinander. Als mich ein zweiter Schlag trifft, sacke ich zu Boden, verliere endgültig den Halt und wenige Sekunden später das Bewusstsein.

Kurze, spitze Stiche wecken mich. Ich öffne die Augen und sehe eine Amsel, die in meinem auf den Bordstein gesickerten Speichel nach Essensresten pickt. Behäbig rappele ich mich auf. Die Gasse wird von der Morgensonne durchflutet, noch immer ist niemand auf der Straße. Es sind Momente der Einsamkeit, in denen man sich seines Besitzes versichert. Meine Hand schnellt in die Innentasche meines Mantels und fühlt Glas. Eine Scherbe. Sonst nichts. Sie ist nicht mehr da. Natürlich ist sie das nicht. Natürlich nicht.

Mein Blick wandert an der Hausfassade hoch. Kein Schriftzug, die Fenster sind eingeworfen und mit Fichtenholz vernagelt, ein verlassenes Haus, das wirkt, als wäre seit Jahren niemand mehr darin gewesen. Langsam setze ich mich in Bewegung und mit jedem Schritt, den ich gehe, wird die Erinnerung an diese Nacht ein wenig blasser, bis sie sich schließlich erhebt und mit dem Morgenlied der Zaunkönige hoch in die Luft steigt, entrückt wie die langsam heraufziehenden Wolken des nahenden Tages.

Frühschwimmen

Die Bühne, auf der ich am häufigsten stand, gehört dem Café Wagner in Jena. Erst Impro, dann Lesebühne, dann Slam. Es dürften an die hundert Shows sein, die im Lauf der Jahre zusammengekommen sind. Es ist eine dieser Bühnen, die es zu selten gibt. Ein offenes Wohnzimmer, bereit für jeden Quatsch, das perfekte Experimentierfeld. Aber trotzdem so beliebt, dass immer genug Leute kommen. Für unsere Slam-Shows platzierten mein Freund und Moderationskollege Toni und ich eine Wette auf unser jeweiliges Team. Um einen dieser Wetteinsätze dreht sich diese Geschichte.

Es ist kurz vor 6 Uhr, morgens. Mir kleben Kälte und Müdigkeit in den Augen. Außer mir zuckeln nur vereinzelt Gestalten im unvorteilhaften Neonlicht der Straßenbahn in Richtung der Plattenbauten. Sie tragen schale Minen vor sich her, gezeichnet von schrillem Weckerklingeln und unterbezahlter Schichtarbeit. Ich mache einen verstohlenen Schnappschuss mit meinem Telefon und fühle mich kurz wie der Setfotograf von »Dawn of the Dead«. Eine der Frauen mir gegenüber sieht auf und ich lasse es blitzschnell wieder in die Tasche gleiten. Ich möchte nicht, dass sie mich isst.

»Nächste Haltestelle: Freizeitbad.« Ruckartig wuchte ich mich nach oben, der Rückstoß der abrupten Bremsung bringt mich zusätzlich ins Wanken. Mir wird ein bisschen schlecht. Die Türen schieben sich auf, eisige Dunkelheit schluckt mich, ich bin allein. Es ist Valentinstag. Ich möchte jetzt so dringend woanders sein, dass ich darüber eine kleine Träne verdrücke.

Einige hundert Meter stapfe ich über Glatteis und Beton. In der Ferne glimmt die Leuchtschrift »GalaxSea«. Als

Kind mochte ich diesen Namen, als mir das Ausmaß der Qual, das ein schlechtes Wortspiel bereiten kann, noch nicht bewusst war. GalaxSea. Eine 26-Millionen-DM-Investition auf 7 169 Quadratmetern mit einem jährlichen Verbrauch von 30 000 Kubikmetern Wasser und 6,5 Millionen Kilowattstunden Wärmeenergie. GalaxSea. Ich hoffe, für diesen Schwachsinn hat sich irgendjemand aufgehängt. Vor der Tür hat sich bereits eine kleine Traube Menschen versammelt, vom Parkplatz aus strömen weitere dazu. Das sind sie also. Die Menschen, die sich das hier freiwillig antun. Die Frühschwimmer. Ich stelle mich dazu, nicke stumm und vergrabe mein Gesicht im Schal.

Ich bin kein Frühaufsteher. Das ist vermutlich der krasseste Euphemismus, der sich über mich formulieren lässt. Das weiß ein guter Freund von mir sehr gut, deshalb erschien ihm eine Stunde Frühschwimmen mit begleitender Story auf Instagram als der perfekte Wetteinsatz. Ich verlor die Wette. Wovon er bis dahin nichts wusste, war meine fast grenzenlose Verachtung für das Konzept des Spaßbads. Meine Einstellung lässt sich in etwa so zusammenfassen: Ich hasse alles daran. Die Optik, den Geruch, die Umkleiden, die Duschen, anderen Menschen bei der Intimwäsche zuzusehen, das Klatschen der Badeschlappen. Und diese weißen Plastikliegen mit ihren scharfen Kanten, in denen man sich alles einklemmt, diese von Styropor-Inseln und Fake-Flora eingerahmten Biester, die hasse ich am allermeisten. Ausgenommen ist natürlich der Swimming Pool, den hasse ich nicht, aber sonst: alles.

Ich stehe in einer langen Einlassschlange. 6 Uhr morgens. Fürs Schwimmen. Die Menschen, die mit mir warten, sind in einem Wort: rüstig. In zwei Worten: fucking alt. Ein Aufsteller neben mir wirbt für das Polynesia Ritual nach Thalgo: »Lassen Sie sich in eine Jahrtausende alte Heilkunst entführen und gelangen sie zu einem gesünderen Selbst, innerer Ruhe und tiefer Entspannung.«

Ich möchte den Aufsteller treten. Am Einlass bekomme ich eine Münze in die Hand gedrückt, füttere damit das Drehkreuz und betrete den ersten Kreis der Hölle.

»Halt!«, ruft es hinter mir. »Die brauchen sie doch noch!« Der ledrige Herr hinter mir in der Schlange beugt sich über das Drehkreuz und reicht mir die Münze.

»Wenn sie dann wieder rauskommen.«

Falls ich hier jemals wieder rauskomme, denke ich und entschuldige mich damit, dass ich nicht oft hier sei.

»Das merkt man«, grinst er.

Ich nehme sie und bedanke mich. Natürlich brauche ich die Münze. Sie ist meine Bezahlung für den Fährmann, der mich über den Styx in die Unterwelt rudern wird. Auf den Stufen hinab zur Umkleide wird mir ein weiterer Teil der Wette schmerzlich bewusst: Ich muss während der gesamten Session eine viel zu enge Pikachu-Badehose tragen. Das Frühschwimmen geht bis 7, also nur exakt eine Stunde, aber mich beschleicht das Gefühl, dass es eine der längsten Stunden meines Lebens werden wird.

Beim Betreten der Halle wabert mir ein Soundteppich entgegen, ayurvedische Massagemucke. Es dauert nicht lange, dann laufen belebende Pop-Schlager wie »Tainted Love« und »Another day in Paradise«. Die Optik des GalaxSeas ist eine groteske Mischung aus römischer Therme, Tropenparadies und Mehrzweckhalle. Mosaiksäulen, verschlungene Wandmalereien, Palmengewächse und Pappmaschee-Felsen unternehmen den kläglichen Versuch, irgendwie von meterlangen Lüftungsrohren, dem Wellblechdach und der von Stahlstreben durchzogenen Glasfassade abzulenken. Und da stehe ich also, 6.15 Uhr, vor einem von Chlor und Schuppenflechte zersetzten Schwimmbecken und bin kurz davor, mich dem walrossartigen Schnaufen Diarrhoegeplagter Mitt-70er auszusetzen.

Ich atme tief ein und aus, schließe die Augen, winke innerlich meiner Restwürde zum Abschied und springe.

Die Türen der Oberfläche schieben sich auf, das Wasser schluckt mich. Ich bin allein. Es ist angenehm. Die Müdigkeit fällt mit einem Schlag ab. Ich strecke meine Glieder, mache einige Schwimmzüge und denke: Ja. Das kann man machen. Ich schwimme eine halbe Stunde. Einfach so. Ich bin noch nie in meinem Leben eine halbe Stunde am Stück geschwommen.

Um Punkt 7 kommt es zu einem fluchtartigen Rückzug und der hat einen einfachen Grund: Die Schulklassen kommen. Mit einem Schlag ist alles es laut und bunt und schrill. Aus den Boxen dröhnt »Scatman«. Jemand lacht über meine Badehose.

Die Menschen, mit denen ich geschwommen bin, gehen und ich schließe mich an. Ich verstehe sie jetzt ein bisschen besser: Was sie hier haben und schätzen, ist ein Mikrokosmos: ein fester Ort zu fester Uhrzeit, abgeschieden, ritualisiert, mit dem Gefühl, unter sich zu sein. So entsteht hier fernab vom Kreischen der Vorpubertät ein Hort der Ruhe, eine eingeschworene Gemeinschaft, hier grüßt man sich, hier kennt man sich, hier ist die Welt in Ordnung. Ist sie natürlich nicht. Aber für diese Stunde schon.

»Und, wie war's für Sie?«, fragt mich der ledrige Herr auf dem Weg nach draußen. Ich nicke stumm.

»Wissen Sie, ich komme seit 14 Jahren her.«

Ich nicke anerkennend. Ob er in diesen 14 Jahren auch mal einen Mittwoch ausgelassen habe?

Er lacht.

»Ich komme mittwochs, montags und freitags.«

Ich nicke verblüfft. In meinem Kopf rattert es: 52 Wochen mal drei, mal 14 Jahre, mal 5 € Eintritt. 10 000€ fürs Frühschwimmen. Gäbe es hier Abzeichen für Ehrenmitglieder, dieser Mann hätte Platin. Ich verabschiede mich und sage: »Vielleicht sehen wir uns hier ja mal wieder« und meine es sogar fast so.

Als ich das Schwimmbad verlasse, wird es gerade hell. Die zögerlich über den Horizont lugende Sonne taucht die von Industriedämpfen umwaberten Stadtwerke in pittoreskes Gegenlicht. Ich schieße ein Foto für meine Story, merke, dass das Bild matschig geworden ist und das Majestätische des Augenblicks nicht einfangen kann, lösche es, nehme einen tiefen Atemzug der klirrend kalten Morgenlust und murmele: »Frohen Valentinstag.«

Tudo

Viele meiner Texte entstehen mit einem Bild. Unverhofft blitzt es auf. Es gibt keine bestimmte Uhrzeit, keine besondere Stimmung. Ich kritzele dann einen Satz oder eine Skizze auf einen Zettel und stecke ihn ein. Wenn ich anfange, die Ideen auszubauen, weiß ich deshalb selten, was daraus werden soll. Ich fange erst mal an, dann schaue ich weiter. Weil Enden für mich immer das schwierigste sind, bleiben viele Ideen eine Skizze und landen im Ordner mit den losen Entwürfen. Auf jeden Text in diesem Buch kommen etwa fünf Anfänge, die für immer in der Schublade bleiben. Diese Geschichte ist zwar nur kurz, aber das Ende gefällt mir ausgesprochen gut.

In einem gemütlich hergerichteten Kaminzimmer, eine niedrige Decke, die Wände in dunklem Grün gehalten, knackt und prasselt ein Feuerchen und sanfte Klaviermusik umspielt einen flauschigen Polstersessel. Auf dem sitzt Tudo, eine kleine Kartoffel. Tudo sieht dem Regen zu, der von draußen gegen das dünne Fensterglas klatscht, und kuschelt sich noch ein wenig tiefer in die Polster. In seinem Schoß liegt das Buch »1 000 Verwendungsweisen der Kartoffel«, ein massiger Wälzer, beinahe so groß wie er selbst. Tudo niest ein leises Kartoffelniesen, zückt ein kleines Kartoffeltuch, schnäuzt sich, rückt seine runde Kartoffelbrille zurecht und beginnt, zu lesen.

Sein Kartoffelatem beschleunigt sich, hektisch nimmt er seine Brille ab, putzt sie sorgfältig, liest erneut. Kein Zweifel. Er blättert durch die Seiten. Artgenossen, Freunde und Vorbilder werden darin gegart, gedünstet, gekocht, gebraten, gebrutzelt oder angeschwitzt, geröstet, gebacken, gedämpft, frittiert, flambiert, vakuumgegart, vaporisiert oder roh verschlungen. Es ist ein Gemetzel mit tausend Gesichtern: Sie werden geschält, geviertelt, halbiert, gewürfelt, in Streifen geschnitten, geraspelt, gerieben, gehobelt, getrocknet, gestampft oder ausgepresst.

Seine Kartoffelgesichtszüge entgleiten. Er sieht die besten Knollen seiner Generation verarbeitet zu Brei, Brot, Schnitz, Spieß, Topf, Puffer, Suppe, Spalten, Knödel, Kuchen, Pizza, Auflauf, Taler, Gulasch, Gratin, Salat oder Püree. Püree?! Wie können sie nur?

Quarkkeulchen, Pommes, Kroketten, Gnocchi – die Grausamkeiten nehmen kein Ende. Alle Länder der Erde scheinen munter mitzumischen: mediterrane Kartoffelpfanne, türkische Kumpir, indisches Kartoffelcurry, peruanische Papas Rellenas, ukrainische Wareniki, chilenisches Molo, russischer Kartoffelfladen und American Freedom Fries.

Kreidebleich und wie in Trance blättert er weiter, während ihm grellbunt in Szene gesetzte Abbilder dieser Barbarei entgegenspringen. Tudo kann es nicht glauben, will es nicht glauben, und doch trifft ihn die Wahrheit wie ein eiskalter Regenschauer: Sie messen mich! An Form und Farbe, an Konsistenz und Kocheigenschaften! Sie messen – und sie mästen mich! Für einen einzigen Zweck, um ihnen zu dienen – als billige Zutat, als kleines Rädchen im gastronomischen System, als der kulinarische Auswurf namens Sättigungsbeilage. So also soll er enden, als Stampfkartoffel, Schmandkartoffel, Dampfkartoffel, Dillkartoffel, Grillkartoffel oder VODKA! Jede Menge Vodka!

Tudo schleudert das Buch von sich, es poltert zu Boden und dann schreit er einen markerschütternden Kartoffelschrei. Sein Blick streift hektisch umher, als er bemerkt, dass ein kleiner Notizzettel aus dem Buch herausgerutscht ist. Er beugt sich hinunter und streicht vorsichtig über die Abbildung. Dann faltet er den Zettel behutsam, steckt ihn seine Kartoffeltasche und wirft den Rest des Buches ins Kaminfeuer.

Genau wie Kartoffeln bestehen Menschen zu über 70 % aus Wasser. Der Unterschied ist der Rest. Der besteht bei einer Kartoffel nahezu vollständig aus Stärke. Entschlossen tritt Tudo nach draußen. Ein eiskalter Wind bläst ihm entgegen, als er die Tür zum Garten auftritt. Blitze durchzucken den aufgewühlten Nachthimmel. In der Mitte der Wiese angekommen, schaufelt sich Tudo ein Erdloch und hüpft hinein. In seinen zitternden Händen hält er die gefaltete Notiz. Sie zeigt das Bild einer Blüte. Leuchtend gelbe Staubbeutel umrahmt von lilafarbenen Kronblättern. Daneben steht: »Wird eine Kartoffel nicht verwertet und allzu lang gelagert, so beginnen ihr Triebe zu wachsen, was sie schon bald ungenießbar macht. Schließlich wird sie eine nutzlose Blüte blühen und Samen entwickeln, die für den Menschen giftig sind.« Tudo kuschelt sich noch ein wenig tiefer in die Kuhle und deckt sich mit etwas Erde ein. Giftig, ungenießbar und nutzlos. Aber, denkt er und hofft ein stummes Kartoffel-Hoffen, aber eben auch wunderschön.

Kristina

Es war mir gerade unter meinen Jugendfreund*innen eher peinlich, zuzugeben, dass ich gern schreibe. Ich drückte mich davor wie vor einem Coming-out. Irgendwie schien mir nichts Cooles dran zu sein an einem Spruch wie: »Hey, an manchen Abenden weiß ich nichts Besseres mit meiner Zeit anzufangen, als allein vor mich hinzugrübeln und mir Geschichten und Gedichte auszudenken, krasser Lifestyle, oder?« Es brauchte Zeit, mich daran zu gewöhnen. Was mich bis heute wurmt, ist der Gedanke, während der Apokalypse vor dem verschlossenen Luftschutzbunker zu stehen und auf der Tür zu lesen: »Eintritt nur für Leute mit gesellschaftlich relevanter Funktion.« Aber ein Vorurteil kann ich ein für alle Mal ausräumen: Schreiben ist definitiv nichts für Weicheier. Warum, das zeigt hoffentlich folgende Geschichte.

Ich sitze mit meinem Notizblock auf dem Klo und warte, dass im Strom der vorbeiziehenden Gedanken neue Ideen anbeißen. Alles, was ich bisher habe, ist:

Wie nennt man eine Schönheit vom Dorf? Eine Kafffee.

Nicht unbedingt der große Fang. In diesem Fall eher eine Makrele, die mitleiderregend herumzappelt und die ich gleich wieder zurück ins Wasser werfen sollte. Aber bisher das einzige, was ich habe, und ich will nicht mit leeren Händen zurückkommen. Beim Blick auf eine zerdrückte Klopapierrolle fällt mir ein, dass ich selten Geschichten mit einer Protagonistin geschrieben habe. Ich lasse den Stift ein wenig kreisen. Dann notiere ich:

Kristina kommt im Kreissaal einer kleinen Kreisstadt zur Welt, spielt im engsten Kreis ihrer Freunde mit Murmeln und Kreiseln. In der Schule schreibt sie gern Fünfen und Dreien, da sie deren Rundungen mag, niemals Vieren oder Einsen. In Sport zeigt sich ihr Talent fürs Rundenlaufen, was sich allerdings nicht gut mit ihrer Kreislaufschwäche verträgt. In Deutsch schreibt sie am liebsten Wörter mit O. Ihr Lieblingswort ist also folgerichtig Softpornomonopol. Sie verweigert sich fast aller Aufgaben, aber schreibt gern Gedichte wie dieses:

Boot voll?
Soso.

Sie blüht kurz auf, als sie in Physik die Strom- und Schaltkreise durchnehmen, und bettelt ihren Lehrer an, ihr auf ihre fehlerfreie Arbeit vielleicht eine Null zu geben. Er weigert sich und setzt eine Eins darunter, einen geraden, hässlichen Strich. Erst das harmonische Kullern ihrer Tränen beruhigt sie wieder. Ihre erste große Liebe ist die Zahl Pi, denn mit ihr kann man Kreisumfänge und Kreisflächen und dergleichen berechneten. Sie lernt jede bekannte Nachkommastelle, sogar die Vieren und Einsen, denn auch die gehören ja irgendwie dazu.

Nach der Schule probiert sie allerhand aus – sie arbeitet an der Kreissäge, kandidiert für den Kreistag, jobbt in der Kreissparkasse und kickt in der Kreisliga. Für ein paar Wochen sorgt sie sich um einige Greise, merkt jedoch schnell, dass ihr da irgendetwas fehlt.

An dieser Stelle setze ich den Stift ab. Mir fallen keine Wörter mit Kreis mehr ein. Und eine Message hab ich auch noch nicht. Was soll überhaupt diese ganze Kreisscheiße? Ich bin kurz davor, das Papier zu zerknüllen.

Halt! Ein Partner, die Liebe, das geht doch eigentlich immer! Ich notiere:

Sie lernt Karl kennen. Sein Kinn ist kantig, sein Humor eckig, seine Brillengläser quadratisch. Ihr erstes Date haben sie auf einer Picknick-Decke, auf der Kristina sich unwohl fühlt. Geistesgegenwärtig schneidet Karl auf einer Seite der Decke die Ecken ab. Von da an läuft es. Sie küssen sich und rollen sich in der Decke ein. Wir sind ein Zylinder, sagt Kristina und dann beide, wie aus einem Mund: Von oben ein Viereck und von der Seite ein Kreis.

Einen Zylinder tragen auch beide auf ihrer Hochzeit und zylinderförmig ist auch das Haus, in dem sie zusammen alt werden. Ihre Kinder ...

In diesem Moment steht Kristina leibhaftig vor mir.

»Hi«, sagt sie.

»Hi«, sage ich und stehe verdattert auf.

Sie lächelt ... Dann tritt sie mir mit voller Wucht in die Eier. Noch bevor ich mich darüber wundern kann, dass eine ausgedachte Figur so hart zutreten kann, packt sie mich am Schopf. »Jetzt hör mir mal zu«, sagt sie und presst meinen Kopf ins von Pisse durchsetzte Klowasser.

»Ich hätte alles werden können. Mathematikprofessorin oder Ingenieurin.«

Wieder und wieder drückt sie mich hinein.

»Und stattdessen schreibst du mir einen verschissenen Ehemann an die Seite, im Ernst?«

Platsch

»Und dann auch noch ein bekacktes Viereck?!«

Platsch

»Wenn du der Meinung bist, ich reagier hier über, nimm es als minimalen Ausgleich für die Milliarden Frauen, die jeden Tag unterreagieren.«

Platsch

Um ihrer Message Nachdruck zu verleihen, nimmt sie meinen Kopf, drückt ihn auf die Keramik-Schüssel und prügelt mit der Brille mehrfach auf mich ein.

»Schreib *klatsch* über Frauen *klatsch*, als ob du *klatsch* über Männer *klatsch* schreibst *klatsch*. Ka-*klatsch* -piert?! *klatsch*«

Mit dem letzten Schlag zerplatzt die Kloschüssel unter mir. Achtlos lässt Kristina mich in die Blutlache donnern, die sich unter mir gebildet hat. Ich sehe noch, wie sie mir meinen Notizblock abzieht. Dann verliere ich das Bewusstsein.

Na ja, wie ich schon sagte: Schreiben ist definitiv nichts für Weicheier.

Der Reforminator

Es gibt zwei Themen, mit denen die Kirche heute in den Schlag-
zeilen landet: Missbrauchsfälle und Austritte. Es würde mich
nicht wundern, wenn ich noch in diesem Leben das Ende der
Jahrtausende alten Institution erlebe. Es wäre für mich aber
kein Tag der ungetrübten Freude. Ich denke bei Kirche eher da-
ran, wie kleine Gemeinden meinen Eltern zu DDR-Zeiten ein
Zuhause boten, einen Raum des inneren Widerstands und der
verhältnismäßig freien Meinungsäußerung. Theologen waren in
der DDR die mit den coolen Schlaghosen und langen Haaren.
Manche kifften sogar, alle hörten Stones, Frank Zappa oder die
Beatles. Die Freiheit von einst bedeutete für mich und meine
Geschwister eine eher lästige, wöchentlichen Pflicht. Kirchen-
bezogene Themen meide ich deshalb weitestgehend, aber eini-
ge Berührungspunkte gab es im Lauf der Jahre doch. Als 500
Jahre Reformation gefeiert wurden, waren auf allen Bühnen im
deutschsprachigen Raum Luthertexte gefragt. Und auch ich ließ
mich zu einem hinreißen, der keinen Funken Respekt enthält,
aber vielleicht deshalb immer sehr gut ankam.

Seine Kammer ist kaum größer als eine Gefängniszelle. Der
Bauernsohn Martin Luther hockt hier übernächtigt und in
schummriges Kerzenlicht getaucht über einem schmalen
Pult und studiert Bibelverse. Er zittert und schwitzt dabei, denn er nimmt an, dass das, was da vor ihm liegt, das
Wort Gottes ist und *er* der erste *würdige* Mensch, der sie
in seine heiß geliebte Muttersprache, das Deutsche, über-
trägt. Gerade ist er bei 1. Korinther 13 angelangt:
»Und wenn ich prophetisch reden könnte und wüsste alle Geheimnisse und alle Erkenntnis und hätte allen
Glauben, sodass ich Berge versetzen könnte, und hätte
der Liebe nicht, so wäre ich nichts.« Ein Hochgefühl er-

fasst ihn, ein Rausch, er meint zu spüren, wie göttliche Liebe ihn durchströmt – da wird mit einem heftigen Schlag die Tür aufgestoßen. Holzsplitter sausen durch die Luft und Luther, geistesgegenwärtig, reißt die griechische Bibel als Schutzschild in die Höhe. Sie wird von mehreren geschossartigen Splittern durchbohrt. Auf der Türschwelle steht ein Koloss von einem Mann. Seine Augen sind durch eine Brille mit dunklen Gläsern abgeschirmt, von seinen überbreiten Schultern fällt ein schwarz-schimmernder Mantel herab.

»Martin Luther?«, fragt er. »Sie sind in Gefahr!«

»Wer sind Sie?«

»Ich …«, sagt der Mann, während er Luther mit einem Arm packt und über die Schulter wirft, »bin der Reform-inator.«

Ein kräftiger Wind peitscht Luther ins Gesicht, als sie die Stufen der Wartburg herabeilen. Die Dämmerung hat eingesetzt und die Stadt Eisenach liegt vor ihnen im Tal, in dichten Nebel gehüllt. Der Reforminator rümpft die Nase.

»Weihrauch … Er ist bereits hier.«

»Wer ist hier?«

»Es ist wirklich kompliziert, das zu erklären.«

Der Reforminator zieht ein doppelläufiges Eisenrohr unter seinem Mantel hervor und drückt es Luther in die Hand.

»Das hier nennt sich Pumpgun. Wenn er in Sichtweite ist, diesen Abzug hier drücken.«

»Wer ist denn nur *er*?«

Der Reforminator seufzt.»Im Jahr 2230 hat die katholische Kirche einen Roboter zurück in diese Zeit geschickt, mit dem Auftrag, Sie, Martin Luther, zu eliminieren und damit die Reformation ungeschehen zu machen. Zur selben Zeit hat die evangelische Kirche mich losgeschickt, um sie zu schützen.«

Luther macht einen verwirrten Eindruck. »Wer oder was ist die evangelische Kirche?«

»Ich hab doch gesagt, es ist kompliziert.«

Grelle Blitze durchzucken den dunkelgrauen Abendhimmel, dicht gefolgt von grollenden Donnerschlägen. Dann ist es kurz still, als aus der Ferne mit einem Mal glockenhelle Knabenstimmen erklingen. »Pater Noster – qui es in caelis.«

Luther, ein Leben lang auf Verse wie diese getrimmt, ist drauf und dran, einzusteigen, doch der Reforminator fährt dazwischen: »Seine Ministranten. Das ist eine Falle!«

Der Gesang verstummt und Regen setzt ein. Dicke Tropfen klatschen auf Luthers ungewaschene Haare. »Päpstliches Weihwasser«, grummelt der Reforminator. »Es soll uns gefügig machen.«

»Der Papst?«, Luther spuckt verächtlich aus und lädt dabei die Pumpgun durch. »Soll er nur kommen!«

»Dort unten!«, ruft der Reforminator.

Am Fuße des Hügels hat sich eine Schar von Knaben in Messdiener-Gewändern gesammelt. In ihrer Mitte läuft ein hoch gewachsener Mann, gekleidet in ein scharlachrotes Kardinalsgewand. »Lass dich nicht täuschen von seiner Kleidung und der menschlichen Haut, sein Inneres ist eine Maschine aus Metall, kalt und erbarmungslos.«

»Das wundert mich nicht bei einem katholischen Priester«, murmelt Luther mit der Pumpgun im Anschlag und drückt ab.

Die Schar der Messdiener stiebt auseinander, der Kardinal fliegt meterweit zurück. »Diese Waffe ist ja ein Wunderwerk! Ein Geschenk Gottes!«

»Das kannst du laut sagen!«

»Wenn ich das nur im Kampf gegen die Hexen hätte! Oder die Ju...!« – »Über deine mittelalterlichen Ansichten zu Hexen und Juden reden wir später noch, ja? Der da ist noch lange nicht am Ende«, sagt der Reforminator und deutet auf die zuckende Gestalt in Kardinalskostüm.

Sie bäumt sich auf, ein Großteil der Haut hat sich abgelöst. Eingerahmt von nacktem Stahl blicken glühend rote

Augen den Hügel hinauf. Der Kardinal reißt den Mund auf und pfeilschnelle Scheiben treten aus, die direkt auf Luther zuschießen.

»Duck dich!«, ruft der Reforminator und reißt Luther zu Boden.

»Das sind Oblatengeschosse. Nur dass sie sich bei Glockenschlag nicht in den Leib Christi verwandeln.«

»Sondern?«

»Sie explodieren.«

Luther zieht den Kopf ein. Über ihm kracht und donnert es. »Haben wir denn gar nichts weiter entgegenzusetzen?«

»Es tut mir leid, wir Evangelen sind da sehr minimalistisch veranlagt.«

»Und was ist mit der Kraft unseres Glaubens?!«

»Um ehrlich zu sein, ist das einzige von echter Kraft unsere Kirchensteuer ...«

»Pah!«, ruft Luther empört aus. »Und dafür all meine Entbehrungen?!« Er springt auf. Sein wild entschlossener Blick fällt den Hügel hinab in die ausdruckslose Fratze des Roboters. »Nimm dies!«, murmelt Luther und greift in seine Manteltasche. Er zieht eine Handschriftenrolle heraus, die dramatisch im Wind flattert.

»Die Thesen!«, keucht der Reforminator.

Der Kardinal am Fuße des Hügels setzt zum Sprint an. Kleine Düsen fahren aus und lassen ihn in übermenschlicher Geschwindigkeit auf Luther zurasen. Der steht wie ein Fels unterhalb der Wartburg und liest die erste These. Die Bewegungen des Roboters verlangsamen sich.

»Es wirkt!«, brüllt der Reforminator.

Es folgen die zweite und die dritte. Mit jedem der herausgeschmetterten Lutherworte erlahmen die Bewegungen und kommen schließlich, bei These 94, zum Erliegen. Der Roboter ist bis auf wenige Zentimeter an Luther herangekrochen. Luther umkreist ihn. Statt These 95 murmelt er nur leise: »Hasta la vista, Baby!« Daraufhin zerfällt das Konstrukt aus der Zukunft zu Staub und Asche.

Der Reforminator richtet sich auf. »Erstaunlich. Über 700 Jahre später und die Thesen entfalten noch immer ihre Wirkkraft. Das muss ein Fehler in der katholischen Software sein.« Er nimmt seine Brille ab und schaut auf Luther hinunter.

»Martin, es war mir eine Ehre, Seite an Seite mit dir zu kämpfen. Wenn du dich in Zukunft ein bisschen lockerer machst, verhinderst du vielleicht den deutschen Bauernkrieg. Und den 30-Jährigen gleich mit.«

Luther schluckt. »30 Jahre Krieg? Wegen meiner Thesen?«

»Wer weiß das schon? Ob der Lauf der Geschichte sich tatsächlich an einzelnen Schicksalen entzündet oder ohnehin seinen Weg bahnt, werden wir heute zum Glück nicht erfahren.«

»Amen, Bruder.«

»Und denk dran,« der Reforminator kniet nieder und grelle Lichtblitze umgeben ihn. »I'll be back.« Luther ist geblendet und muss sich abwenden. Als er wieder aufsieht, ist der Reforminator verschwunden. Seine Brille liegt noch im Gras. Luther bückt sich vorsichtig nach ihr und setzt sie auf. Die Abendsonne ist durch die Wolken gebrochen und lässt sein Antlitz erstrahlen. Weil Luther Luther ist, zitiert er einen Bibelvers: »Nun aber bleibt Glaube, Hoffnung, Liebe, diese drei; aber die Liebe ist die größte unter ihnen.«

Dann wendet er sich ab und geht wieder hinauf in seine Kammer. Es wartet Arbeit auf ihn.

Diebtalk

Auf den deutschsprachigen Bühnen, gerade außerhalb des Ostens, habe ich immer große Freude daran, ein bisschen Dialekt einzustreuen. Dabei hebe ich ihn mir nicht für die Witzfiguren auf, sondern für aufrichtige, liebenswerte Charaktere. So wie den Einbrecher in diesem Text.

Als ich das Licht im Flur anknipse, steht ein Einbrecher vor mir. Schwarz gekleidet, Skimaske, vollgestopfter Beutel, aus dem mein Laptop ragt – alles in allem eher unangenehm. Wir beide erstarren und unsere Blicke keilen sich ineinander. Ein Schrei, eine Drohung, Losstürzen, irgendwas in der Richtung muss ich jetzt wohl tun.

»Magst du'n Tee?«, frage ich. Keine Antwort.

Ich versuch's nochmal: »Also ich weiß ja nicht, wie das normalerweise läuft, wenn dich jemand erwischt. Aber so wie ich das sehe, haben wir jetzt zwei Möglichkeiten: Erstens, wir ziehen diese ganze ›Oh nein, ein Einbrecher!‹-Nummer voll durch, prügeln uns kurz im Flur, ich unterliege dir offensichtlich, du schlägst meinen Kopf auf die Kommode, ganz viel Blut fließt, du entkommst, ich bin gelähmt, DNA-Spuren überführen dich, du lebst im Knast, bückst dich umständlich nach der Seife. Na ja. Und so weiter. Oder zweitens, wir chillen uns auf meine Couch und trinken 'nen Rooibos und der Rest ... Na ja. Der läuft uns ja nicht weg.«

»Och, na klar«, sagt der Einbrecher. »Ich mag aber nur Darjeeling.« Seine Stimme wirkt samtig und warm.

Als der Wasserkocher brodelt und sich der heiße Dampf in der Küche ausbreitet, fällt ein wenig Anspannung von uns beiden ab.

»Weeßt du«, sagt er, »das ist auch gar nicht persönlich gemeint mit dem Einbruch. Ich wollte heute zum Tatort wieder zu Hause sein, da dachte ich, och, ich probier's gleich mal nebenan.«

»Ach, du wohnst hier in Gegend?«

»Ja, Parallelstraße.«

»Cool«, sage ich. Ich wusste gar nicht, dass meine Hood ein bisschen Gangster ist. Ich gieße den Tee auf und atme das frische Aroma.

»Hast du denn 'ne gute Ausbeute gehabt soweit?«

»Also ich will dir nicht zu nahe treten, aber als ich reingekommen bin, war das schon eher enttäuschend.«

»Ist nebenan mehr zu holen?«

»Deutlich mehr.«

»Ja, tut mir leid.«

»Ach, Quatsch. Wir haben's ja alle nicht leicht.«

»So im Schnitt aber bestimmt ganz ordentlich, was so rumkommt. Ist ja auch alles steuerfrei, oder?«

»Jaja, im Prinzip ist das netto. Aber gibt schon auch Fixkosten, hier, der Bolzenschneider ist niegelnagelneu und absetzen kannste das ja dann nirgends.«

»Ja, ist richtig. Und wie machst du das mit der Rente?«

»Puh, erinner mich nicht daran ...«

Seine Stimme zittert ein bisschen, offensichtlich hab ich da einen wunden Punkt getroffen. Ich nehme ihn kurz in den Arm.

»Ich bin Künstler«, sage ich.

»Das erklärt natürlich einiges.«

Er schmunzelt. Der Tee ist durchgezogen und ich schenke ein.

»Geht das nicht ganz schön auf den Rücken?«, frage ich.

»Jetzt klingste wie meine Frau.«

»Weiß die von dem Job?«

»Klar, ihr Alter hat mir alles beigebracht, der macht das schon seit den 50ern. Und sie ist auch vom Fach.«

»Was macht sie?«

»Investmentbanking.«

Jetzt schmunzle ich ein bisschen.

»Na ja, aber hast schon recht mit'm Rücken, ich mach jetzt hier auch Kieser-Training und seh zu, dass ich die schweren Sachen immer schön aus'n Knien hebe, die Leute ham ja manchmal ein Zeug, ne?«

Ich nicke verständnisvoll.

»Weißt du«, sage ich, während ich an meiner Diskokugel drehe, die über dem Tisch hängt »Es ist schon krass. Wenn ich mich hier umsehe und überlege, was ich davon wirklich brauche ... Also *wirklich*. Dann bleibt von dem ganzen Krempel nicht viel übrig. Wenn du einfach nur das Zeug mitnehmen würdest, auf das ich verzichten kann, würd ich dich wahrscheinlich sogar dafür bezahlen.«

»Na, da sagste was! Ich hab schon so viele Wohnungen gesehen, wo ich mir dachte: Messi noch eins, aber nicht der Lionel. Da kannste säckeweise Kram rausschleppen und hast keenen Cent verdient.«

»Schlimm, oder?«

»Schlimm.«

»Schlimm.«

»Schlimm.«

Wir schweigen kurz.

»Wie heißt du eigentlich?«

»Manfred.«

Er streift vorsichtig die Maske vom Kopf. Zum Vorschein kommt ein ledrig-braunes Gesicht mit vielen Lachfalten, silberne Haare mit einem letzten Rest von Dunkelblond, ein knollige Nase, leuchtend helle Augen und unverkennbar großväterliche Gesichtszüge.

Mir wird ganz warm. In meinem Kopf sehe ich uns auf einer breiten Veranda sitzen und Kanasta spielen, Inge – so muss Manfreds Frau heißen! – stellt uns etwas Orangensaft neben die Spielkarten und berät mich in Sachen Lebensversicherung und Kapitalanlagen. Ich winke müde ab, sage, dass ich immer arm, aber glücklich bleiben möchte, und Manfred grinst ein breites Lächeln und nennt mich aus Versehen Sohn. Es macht mir nichts aus. Dann versinkt die Sonne hinter den Zitterpappeln und wir gehen rein, um Tatort zu schauen.

»Wenn du magst«, setze ich an. Mein Puls beschleunigt sich und meine Hände fangen an, zu schwitzen. »Dann bleib doch noch ein bisschen.«

»Das ist lieb«, sagt Manfred. »Aber ich glaub, ich zieh dann mal weiter. Wer rastet, der knastet, sag ich immer. Danke für den Tee.«

»Alles klar«, sage ich etwas zu laut. »Du ... Du weißt ja, wo die Tür ist.« Wir nicken uns zu.

Als die Tür hinter ihm ins Schloss fällt, realisiere ich, dass er zwar nicht meinen Laptop geklaut hat oder meine Kreditkarte, aber mein Herz. Und mein Bargeld. Aber ich finde, das hat er sich verdient nach all der harten Arbeit. Lieber Manfred, falls du das hier eines Tages hörst, vielen Dank für den unerwarteten Diebtalk.

Eine realistischere Konferenz der Tiere

Der von mir heiß geliebte Erich Kästner spielt in einem Kinderbuch die Fantasie durch, wie die Tiere der Welt uns Menschen auf ihre Verbrechen hinweisen würden. Nagetiere vernichten ein paar Akten, Motten zerfressen Klamotten, ein paar Kinder werden entführt. Ich fürchte, ganz so mild würden wir nicht davonkommen. Deshalb:

Morgengrauen. In der Sohle eines verträumten Tals liegt eine beschauliche Siedlung. Ein Kirchturm ragt über dachziegelgedeckte Häuschen. Beim Bäcker glüht der Ofen, in der Blumenhandlung wird zurechtgestutzt, beim Fleischer sirrt das Hackebeil. Doch es ist alles andere als ein gewöhnlicher Tagesanbruch. Niemand geringerer als der Herrscher der Tiere hat eine Konferenz einberufen.

Der Horizont verdunkelt sich.

Die Flüsse schwellen an.

Der Boden bebt.

Die Erde selbst kommt in Bewegung, Würmer und Chitingetier winden sich aus dem Gras hervor und spüren die Erschütterung durch Tatzen, Hufe, Pfoten und Krallen. Ein Mückenschwarm durchzittert in fiebriger Erwartung die Luft, die, durchsummt vom Hummelbrummen, durchpflügt ist vom Flügelschlag heransausender Schwingen. Aus den vier Himmelsrichtungen nähern sich Vertreter von über fünf Millionen Tierarten des Planeten Erde. Sie flattern, galoppieren, trampeln, treiben, traben, tauchen herbei, ein messerscharfer Wind treibt Gerüche von Federn, zotteligem Fell, verfilztem Pelz und salzigen

Schuppen heran ... und ein Geräusch zieht herauf! Ein Geräusch wie tausend schlechte Schlagerstars, so muss es klingen, wenn eine Kreissäge einen Dreier mit einem Laubbläser und Andreas Gabalier hat. Das grüne Tal verschwindet unter der Flut an drängenden Leibern, die sich unter und über, kreuz und quer, ab und auf und in es ergießen. Zeit für Panik bleibt den wenigen Menschen im Tal nicht, ihre Stuben werden hinweggespült von einem Tsunami aus Biomasse, ihre Leiber werden zerdrückt wie Tomaten, die man in der Einkaufstasche aus Versehen ganz unten hineingelegt hat. Nur eine Handvoll Menschen schafft es zum Marktplatz, wo sie eingekreist werden.

Alle sind gekommen. Asiatische Wasserbüffel, afrikanische Breitmaulnashörner und lateinamerikanische Flughunde. Selbst ein ausgemergelter Eisbär treibt auf dem kümmerlichen Rest einer Eisscholle herbei, steigt ab, rümpft die Nase und kotzt einem Menschenkind einen Knäuel aus Fischernetzen vor die Füße.

Erwartungsvoll starren die Tiere das Tal hinab, als der letzte Ankömmling, ein mintgrüner Brombeer-Zipfelfalter, sich zaghaft auf der Nasenspitze eines Bonobo-Weibchens niederlässt. Stille hat sich breitgemacht. Der Schmetterling spürt die abermillionen Augenpaare, die auf ihn gerichtet sind. Er weiß, was er zu tun hat.

Er streckt seine Fühler in den Wind, lässt es sich nicht nehmen, kurz mit dem Hinterteil zu wackeln, und dann entfaltet er bedächtig seine Schwingen und schlägt einen vorwurfsvollen Flügelschlag.

Ein Aufschrei geht durch das Rund, ein Blöken und Bellen und Heulen und Zischen, denn in diesem Flügelschlag steckt der Schmerz, den hier alle spüren. Der Schmerz der Gitterstäbe und Käfige, die Pein der Bolzenschussgeräte und Bleikugeln, die Qual der Elektroschocks und fettigen Kosmetika. Es ist der Klang von gerupften Federn und bei lebendigem Leib abgezogenen Felle, der siedende Klageschrei der Krustentiere und das Zschiepen der zu schreddernden Küken, das schrille Quieken kastrierter Schweinchen in eingekoteten Mastbetrieben. Ein Chamäleon ist so zornig, dass es sich dunkelrot verfärbt.

Soweit zur Anklage. Die Beweislast ist erdrückend. Die Tiere warten. Auf ein Statement, darauf, dass die Menschen sich verteidigen. Das zusammengetriebene Häufchen auf dem Marktplatz jedoch schweigt. Das Urteil scheint bereits gesprochen, dann tritt einer der Menschen hervor und räuspert sich.

»Hallo, liebe Viehcher, äh ... Also sehr geehrte Tiere. Ich ... äh ... kann nur sagen: Schön, dass ihr eurem Anliegen heute so laut Gehör verschafft. Ja, das macht Mut, so eine engagierte Tierwelt zu sehen, die sich für die eigene Zukunft mal auf die Straße traut, ja, nicht nur immer nur Heu im Stall, nicht? Von wegen träge und immer so eingepfercht, ne? Also das, äh ... ganz toll!

Ich ... äh ... kann auch hiermit versprechen: Wir werden mit großer Entschlossenheit und schon sehr bald das ein oder andere womöglich ein bisschen verändern. Tatsächlich sind wir auch sehr stolz auf das, was wir zum Teil schon erreicht haben.

Bei uns in der Firma. Da gibt es jetzt den Veggie-Day, nicht? Jeden zweiten Donnerstag in ungeraden Monaten, außer im November, und ja, das waren ziemliche heftige Widerstände, gegen die ich das da durchdrücken musste. Gerade der Uwe, der liebt halt sein Schnitzel, ›Bin doch keen Karnickel‹, sagt er immer, nicht? Was soll man da sagen, oder? Stimmt ja auch ein Stück. Und ... bei McDonald's, da gibt es jetzt den ›Big Vegan TS‹. Klar, da steht noch dran: ›Vorsicht, 0 % Fleisch«, weil ... an sowas muss man sich gewöhnen, klar. Nee, so ganz ohne, von heute auf morgen, das wär ja absurd, oder? Äh, Kuckuck! Äh, nicht böse gemeint. Und die Sache ist, es schmeckt schon recht trocken, ja, da braucht es vielleicht noch ein paar

Jahre Forschung, bis man wirklich den vollen Geschmack, also vielleicht einfach ein bisschen Geduld noch! Das wäre ja nicht zu viel verlangt!

Und an dieser Stelle vielleicht auch mein nachvollziehbarer Wunsch an euch, ein bisschen mehr Dankbarkeit auch für unseren ... äh ... Ja, ich mag das Wort ›Verzicht‹ ja immer nicht so gern. Dornige ... Dornige Möglichkeiten, nicht? Und wir haben da jetzt auch so ein Mädchen, ja, das freitags immer Schule schwänzt, und ... ich persönlich, ich toleriere das aus ganzem Herzen. Die macht das auch wegen anderen Sachen, die betreffen euch jetzt nicht direkt. Noch nicht direkt. Also gut, ja, schon direkt, gut, das führt jetzt vielleicht ein bisschen weit, ist auch wirklich alles sehr kompliziert und wenn man ehrlich ist, eher was für Menschen, die sich professionell mit sowas ... Also was ich sagen will: Es wird auch viel schlecht geredet! Wir leben in der besten aller Zeiten und ich garantiere, dass ihr ... also, dass ihr von diesem Wohlstand ... eine dicke Scheibe Schinken werdet ... abschneiden ... und äh ...«

Der Mensch verstummt.

Die Tiere sehen sich etwas ratlos an und blicken dann zum Falter. Er biegt die Fühler auseinander, wackelt kurz mit den Flügeln, dann fällt ein Rudel Löwen über die Menschen her und zerfleischt sie. Wie unmenschlich.

Survival of the Shittiest

Während ich die Texte für dieses Buch zusammenstelle, herrscht Krieg in Europa. Wenn ich zu einer Sache schweigen muss, dann dazu. Nichts ist mir ferner, nichts macht mich ratloser, für nichts daran finde ich Worte. Ein paar Gedanken zu Frieden aber sind mir eingefallen in diesen denkwürdigen Wochen im Frühjahr 2022, als die »Zeitenwende« beschworen wurde.

Friedenszeiten bringen zerbrechliche Geschöpfe hervor. Mich zum Beispiel. Um harte Kerle zu erledigen, braucht es Schnellfeuerwaffen, Schrapnell-Munition, Präzisionsvisiere – für mich reicht der Ausklapp-Dosenöffner des Taschenmessers, und ja, ich meine den mit der glatten Kante. Verdammt, wenn du eine gute Technik hast, kannst du mich wahrscheinlich mit einer Poolnudel zur Strecke bringen.

Ein Freund von mir hat das Internet in den letzten Tagen nach einem guten Notfallrucksack durchforstet. Harte Kerle wie er zahlen gerade Wucherpreise für Jodtabletten, feuerfeste Dokumententaschen, Wasserfilter, Kurbelradios, Feuersteine und Vollkorndosenbrot. Ich schätze, es spart mir eine Menge Geld, dass ich mir in der Angelegenheit keine Illusionen mache. Der Tag, an dem Edeka fällt, ist auch mein letzter. Sobald die sanft beiseite gleitenden Glastüren verrammelt sind, bleibt mir nur noch der Sturz aus dem Fenster. Beziehungsweise der langsame Hungertod, ich glaube, den Sturz traue ich mich nicht.

Und kurz mal Hand aufs Herz – ich frage mich ernsthaft, wie die harten Junge sich das eigentlich vorstellen. Angenommen, hier bricht alles zusammen und ich schaff es mit meinem Rucksack irgendwie in den Wald. Was ist denn dann? Bau ich dann mein Notfallzelt auf? Hol ich mir

Wasser aus einer Pfütze, schmeiß Filtertabletten rein, damit ich keinen Dünnschiss kriege? Sammel ich Beeren und Bockshornklee und bibber mich in meinem luftdichten Alusack durch die Nacht, während die letzten Schreie der endenden Zivilisation durchs Tal hallen?

Ich sehe mich da irgendwie nicht – auch wenn mich die Ostsee-Zelturlaube mit meinen Eltern auf diesen Part noch ziemlich gut vorbereitet haben, aber sogar die fanden nach endlosen zwei Wochen Regenbogencamp irgendwann ihr gnädiges Ende. Was ist nach zwei Wochen in meinem Wald? Alle Menschen, die es jetzt noch gibt, sind Prepper, Nazis oder beides. Will ich mit Carsten und Helga für die nächsten 15 Jahre Dosenravioli löffeln? Während sie mir verklemmt zu verstehen geben, dass sie wirklich gern mal einen Dreier mit mir hätten, ich ihnen aber leider nicht arisch genug aussehe?

Aber halt! Ich hab ja noch mein Kurbelradio dabei. Mal schauen, wer auf Sendung ist!

- Maya und Luise mit »Warum Schlamm das Peeling der Natur ist«, Folge 73
- Daniel mit seiner Interpretation von Wagners Rheingold, getrommelt mit Wildschweinknochen auf einem Stahlhelm
- Neu auf Sendung: Sabine aus dem Erdloch nebenan, »Sieben Tipps, wie man den eigenen Kot zweitverwertet. Willkommen zu exzellente Exkremente!«

Ich schaue wirklich gern Zombiefilme und Mad Max, aber wenn ich mich da mit irgendwem identifizieren kann, dann ganz bestimmt nicht mit dem blutverschmierten Muskelberg, der sich mit der Kettensäge durch die Szenerie wetzt. Ich bin der Typ, der in Minute eins gebissen wird und dem in Minute 20 mit der abgesägten Shotgun das Gehirn rausgeblasen wird.

Vielleicht ist das der Fallstrick der menschlichen Evolution: In Friedenszeiten gedeiht die Kultur, überall gibt es nette Leute und gute Partys. Aber wenn die Krise ausbricht, dann überleben überall die egoistischen Drecksäcke. Survival of the Shittiest.

Deshalb an dieser Stelle ein Bekenntnis: Ich liebe es, dass die meisten von euch genau solche Lappen wie ich sind. Ich liebe eure strubbeligen Frisuren, die in keinen Helm passen und eure weichen Bäuche, die sich in keine Uniform zwängen werden. Ich liebe es, dass ihr nicht einen kümmerlichen Klimmzug schafft. Ich liebe, wie schusselig und verpeilt ihr seid. Mit euch wird jede Befehlskette zur stillen Post, an deren Ende keiner einen Plan hat und einfach alle knutschen. Ich liebe eure nervösen Annäherungsversuche und schüchternen Flirts, denn ihr würdet euch nie etwas nehmen, von dem ihr nicht genau wisst, dass die andere Person bereit ist, es zu geben. Und weil schon eine Ohrfeige mehr Gewalt wäre, als ihr je in eurer Kindheit erfahren habt. Ich liebe euer Chaos und eure mentale Verwirrung, denn sie sind das Gegenteil der militärischen Ordnung, auf die ein Vernichtungsapparat angewiesen ist.

Ich glaube an Zweifel, an Pudding in den Knien und zum Frühstuck, an die Ohnmacht, an das gedankenverlorene Betrachten des Himmels und der Erde, ans Pläneschmieden und Wiederverwerfen, weil man einfach nichts geschissen kriegt. Ich glaube ans endlose Herumsuchen im Supermarkt und ans Zu-schüchtern-Sein, um einfach mal das Personal zu fragen. Ich glaube ans Zurückblättern in Büchern, weil man die letzten zehn Minuten in Gedanken einfach völlig woanders war. An den Zustand kurz nach dem Aufstehen, in dem man noch genau weiß, was man geträumt hat, und je fester man versucht, sich zu erinnern, desto mehr entgleitet es einem. Ich glaube an lange Rotwein-Abende am Lagerfeuer, an denen nichts weiter rumkommt als verfärbte Zähne und nach Ruß stinkende Klamotten.

Vor allem aber glaube ich an die Zivilisation. Ohne ihre Errungenschaften sind wir hilflos wie Schildkröten auf dem Rücken, über denen die Aasgeier kreisen. Dann sind wir am Ziel: Wenn alle Menschen so restlos verweichlicht sind, dass sie genau wie wir auf die Zivilisation angewiesen sind, um überleben zu können. Denn dann würden wir auch endlich alles daran setzen, sie so gut es geht zu verteidigen.

Auf die Verweichlichung!

Auf den Frieden!

Slawa Ukrajini!

Töchter und Söhne der Speiche

Für eine Critical-Mass-Demo in Jena wurde einen Nachmittag lang die Schnellstraße Richtung Autobahn gesperrt und für Fahrräder freigegeben. Kurz öffnete sich eine Tür in eine fahrradfreundliche Welt und ich muss sagen, es gefiel mir, was ich sah. Nicht zuletzt, weil die Zahl meiner Beinahe-Tode durch Fahrradunfälle an die fünf bis sechs heranreicht. Für die Demo ist dieser Text entstanden.

Meine Eltern steckten voller gutbürgerlicher Ambitionen, die wenigsten davon teilte ich. Mit gesenktem Kopf schob ich die Vollkornpausenbrote in den Eastpak, unter Heulkrämpfen rang ich mich zum Cello-Üben durch und ich entfesselte den Zorn der Hölle, wenn sie es wagten, das gelobte Wochenende mit einem Spaziergang – oder schlimmer noch: einer *Wanderung* – zu entweihen. Die Sache mit dem Fahrrad aber ging voll auf. Bis heute erfüllt mich der Stolz auf den mitternachtsblauen Rahmen, die schwarzen Hörner und unfassbare 21 Gänge. Ich schwang mich auf und war schockverliebt. Perfektion von der Federgabel bis zur Sattelstütze. Die ersten Meter lagen hinter mir und ich hatte meine zweite Hälfte gefunden, wurde halb Mensch, halb Fahrrad. Homo Speichicus.

Sieh mich an! Was siehst du?

Nichts. Weil ich viel zu schnell bin.

Fortan blickte ich mit Verachtung auf meine weichlichen Mitschüler, die für den 30-sekündigen Weg von Honda Jazz bis Schulpforte noch den Regenschirm aufspannten und es dennoch wagten, »Tokio Hotel« aus voller Kehle mitzusingen. Nur wir Fahrradkinder waren wirklich durch den Monsun gegangen, so viel stand mal fest. Wir waren die Töchter und Söhne der Speiche. Schon von Weitem hörte man uns heranrollen, denn unsere Schutzbleche klapperten noch lauter als unsere Bremsen quietschten. Die umstehenden Neider waren geblendet von unseren Protektoren und getaucht in das neongrüne Licht unserer Warnweste. Unsere Erkennungszeichen waren die vom Helm verbeulte Frisur und das hochgekrempelte rechte Hosenbein. Natürlich trugen wir das noch bis zur Hofpause! Und natürlich auch bei Schnee, schließlich sollte man unsere formschöne Wade bewundern!

Ja, der tägliche Tritt in die Pedale formte unseren Körper ebenso wie den Charakter. Aus zarten Kinderseelen schmiedete die Straße stahlharte Survivors, gezeichnet vom täglichen Kampf um die nackte Existenz. Spartiaten nahmen es bei klirrender Winterkälte mit Wölfen auf – wir fuhren Fahrrad! Wir schlängelten uns durch die Straßen eines Landes, das das Auto zur Staatsreligion erhoben hatte, fucking Kröten hatten mehr Tunnel als wir. Behandelt wurden wir wie Abtrünnige, an denen man augenrollend mit 20 cm Sicherheitsabstand vorbeischoss und nur allzu gern einen Schlenker in die Pfütze mitnahm, um uns mit einem Schwall aus Spritzwasser und Straßendreck zu erniedrigen. Unsere Ehre aber wuchs mit jedem durchnässten Kleidungsstück. Tropfnass saßen wir in der ersten Unterrichtsstunde, aber unser Leib bibberte nicht, er dampfte.

Der Hass schlug uns nicht nur von der Straße entgegen – wie oft schoben wir nach der sechsten Stunde einen vorsätzlich platt gemachten Reifen gebeugten Hauptes vor uns her, verstoßen aus Bus und Straßenbahn? Doch wir berappelten uns, jedes Mal. Wir salbten uns mit Reifenabrieb und Kettenöl, mit jedem Flicken auf dem Schlauch drückten wir auch ein Pflaster auf unsere geschundene Seele. Und wenn der Morgen kam, stürzten wir uns mit runderneuerter Todessehnsucht in den Berufsverkehr.

Radwege kannten wir nicht. Es gab den etwa 60 cm breiten Fußweg, zu schmal eigentlich, um aneinander vor-

beizu*laufen*. Und daneben die donnernde Fernverkehrs-
straße. Ab 11 Jahren hat man keine Wahl mehr und muss
die Straße nehmen. So will es die StVO, das eiserne Gesetz, und so wollten es wir. Denn unsere Definition von
Freiheit war eine andere: Sie beruhte nicht auf dem Ver-
langen, für einen Einkauf von 5 kg Schinkenwurst mit einem 2,5 Tonner ans andere Ende der Stadt zu ballern, weil
sie dort im Angebot ist. Nicht auf dem Recht nach Sprit-
preisen mit einer 1 vor dem Komma und ganz sicher nicht
auf der merkwürdigen Versessenheit darauf, die Bewoh-
ner von Großstädten schleichend mit Stickoxiden zu meu-
cheln – unsere Definition von Freiheit war es, mit hinter
dem Rücken verschränkten Armen auf dem Mittelstrei-
fen entlangzupfeifen, während die Rostlauben links und
rechts von uns im Stau steckten. Wie Russel Crowe in
Gladiator durch Ähren streift, so strichen unsere Hände
über die Rückspiegel der endlosen Blechlawine. Und unser Herz raste, denn eine achtlos geöffnete Autotür hätte
unseren sicheren Tod bedeutet.

Die Science-Fiction-Filme meiner Kindheit zeigen Städte, in denen sich der Alptraum auf unseren Straßen in die
dritte Dimension erstreckt. Und ja, Milla Jovovich, die sich
mit feuerroten Haaren von einem Wolkenkratzer in das
Flug-Taxi von Bruce Willis stürzt, sieht unfassbar cool aus.
Aber wenn noch einmal jemand diese völlig bescheuer-
te Idee als innovatives Verkehrskonzept anpreist, dann
schlitz ich ihm so doll die Reifen auf, dass kein Flicken
mehr hilft. Und so schneidig ein Tesla auch sein mag – anstatt zur Giga-Factory-Eröffnung nach Brandenburg zu buckeln, um einen exzentrischen Milliardär für eine Schein-
lösung zu beklatschen, die das obere Prozent sich jetzt
als wirklich netten Zweitwagen gönnen kann, könnte der
Bundeskanzler sehr gern zur Eröffnung eines Bikeshops
bei mir um die Ecke kommen. Ich zeig ihm, wie man eine
rausgesprungene Kette wieder einspannt. Und dann re-

den wir darüber, wie vernünftige Radwege eines Tages dazu führen könnten, dass nicht nur komplett Wahnsinnige aufs Rad steigen und wir vielleicht alle zu Söhnen und Töchtern der Speiche werden können. Ich weiß nicht, ob Milla Jovovich den Sturz im Jahr 2263 auch überleben wird, wenn sie auf einem Gepäckträger landet. Aber die schönere Zukunft ist es allemal.

Der Held, den wir brauchten

Ende 2021 wurde das digitale Abba Revival angekündigt und löste bei mir dystopische Gedanken aus. Werden in Zukunft Hologramme die Shows spielen, während wir in endlosen Nostalgieschleifen festhängen? Ich habe bei mir selbst einen kleinen Nostalgie-Schnelltest vorgenommen, bin beim linearen Fernsehen der 90er gelandet und muss gestehen: Ich bin durchweg positiv. Ein kleiner Nachruf auf VHS, die Hochzeit des TV-Spots und einen meiner großen Helden. Der nostalgischste Text in diesem Buch.

Abba ist zurück. Das hat für mich in etwa den Klang von »Polio ist zurück«. Nostalgie ist eine trügerische Freude. Das werden auch alle Fans von damals bald feststellen, wenn sie in London für 170 Pfund das Ticket in der eigens erbauten Abba-Arena über zwei Stunden von vier Hologrammen angeschrien werden und merken, wie sich spätestens bei *Dancing Queen* das Hüftgelenk aus der Pfanne löst. Was vermissen die Leute, die sich sowas reinziehen, wirklich: die Band oder einen kontrollierten Stuhlgang?

Ungeachtet der Nostalgiefalle war meine Kindheit in den 90ern sensationell. Bis ich 10 war, hatten meine Eltern eine Wohnung mit Garten in der Vorstadt, Haselnusssträucher, ein kleines Beet, einen Birnenbaum mit zwei Schaukeln darunter und eine saftige Wiese. Meine Schwester, mein Bruder und ich liebten es, dieses kleine Paradies im Augenwinkel wahrzunehmen, während wir vor der Glotze hingen. Ja, da rissen sich unsere Eltern für das beschauliche Fleckchen Grün jahrelang den Arsch auf und dann zeugten sie drei Fernsehkinder, das Schicksal ist manchmal ein Hurensohn. Wie dem auch sei: Das Wohnzimmer war unser Tempel, der Bildschirm unsere Gottheit, und wir beteten ausdauernd und mindestens fünfmal täglich, die Couchlehne gen Funkmast ausgerichtet.

Unsere Hostie hieß Krümeltee, eine harmlos aussehende Versuchung aus Zucker und Zitronenaroma. Die Pfirsich-Variante war Satan, Zitrone aber mischten wir nicht mit Wasser, sondern schütteten sie in den breiten Deckel und leckten den Stoff pur, wie Krüger ihn geschaffen hatte, aus der Plastik-Schale. Wir lösten ihn mit unserem Speichel und massierten den sündig-klebrigen Sirup mit unserer Zungenspitze direkt in die Zahnzwischenräume. Hmmm. Wie konnte etwas zugleich falsch und so gut sein?

Das galt auch für das amerikanisch geprägte Fernsehen der 90er und 00er Jahre. Meine Güte, was haben wir es geliebt! Es machte die deutsche Stahlbadsozialisation aus Grimms Märchen und Struwwelpeter weitestgehend vergessen. Das Programm kannten wir in- und auswendig, die Sender waren wie *best friends*, die mit uns zwischen den Kissen lümmelten:

ProSieben machte immer die gleichen Jokes, aber wir liebten jeden davon, mit dem übercoolen MTV wären wir richtig gern mal Fünftklässler schubsen gegangen, aber er würdigte uns leider keines Blickes, VIVA – super hot –, hat sich ein Tattoo stechen lassen, nur Henna, aber das sagt sie keinem, RTL, das Schmuddelkind mit ungewaschener Buchse, im Wesentlichen der Grund, warum man alle 15 Minuten lüften muss, holt sich in der großen Pause immer Red Bull und nervt den Rest des Tages hart, RTL II hat mit 11 angefangen, zu rauchen, und mit 13 wieder aufgehört.

Auf manche Programme verirrten wir uns seltener, sie waren eher wie Verwandtschaft, die man nur zweimal im Jahr zu Gesicht bekommt:

Arte – der neue Lebensgefährte deiner Tante, trägt Ziegenbart, stellt sich selbst mit »Herr Osterholz« vor, reißt jede Diskussion an sich kann es nicht ertragen, im Unrecht zu sein, Lieblingswort ist »gleichwohl« und du würdest jedes Mal, wenn er das in den Raum aerosolt, wirklich gern die dumme Brille aus seinem Gesicht treten.

Vox – die Tante mit dem Modefetisch und der Parfümwolke, holt ab 22 Uhr den Flachmann mit dem Korn raus und dreht richtig auf, ab 0 Uhr nur noch eklig, hat ne feuchte Aussprache und kommt beim Reden immer bisschen zu nah ans Gesicht ran, letztens richtig unangenehmen Sextraum mit ihr gehabt, seitdem bleibst du auf Abstand, sie nicht.

Kabel 1 – der grabbelige Onkel, der Zigarre pafft, verschwindet um 0 Uhr mit der Tante hinterm Gebüsch. Kann aber cool Schach spielen und zeigt dir die Eröffnungsfalle, mit der du all deine Cousins abziehst.

Mein Vater hat eine unermessliche Sammlung von VHS Kassetten aus dieser Zeit und ich halte sie in jeder Hinsicht für einen kulturhistorisch bedeutsamen Schatz. Nicht weil mich die Filme oder Serien darauf interessieren, aber diese Werbeunterbrechungen. Oh mein Gott! In meinem Gehirn muss es ein eigenes Areal für all die Logos, Dialoge, wetterfesten Frisuren und lasziven Schulterblicke geben und noch ein weiteres Areal für die Songs. All die Bücher, die ich nicht gelesen, und all die Baumhäuser, die ich nicht gebaut habe – geopfert für den Moment, in dem ich »Mmmh, lass dich mal geh'n, schalt einfach ab, erleb den sahnigen Geschmack! Mit Zott ins Weekend-Feeling« laut mitgrölen kann. Weil ich es mir wert bin! Wie oft habe ich dem Rügenwalder Pferdedude dabei zugesehen, wie er wallenden Haares von seinem Hengst steigt, um für sieben Hippies am Fuß einer roten Mühlenattrappe 27 Teewürste zu entwenden, sollen die alle Gicht bekommen, scheißegal, wie geil ist denn? Schau uns an, die vielleicht einzige kulturell entwickelte Spezies im bekannten Universum! Und das kommt dabei raus! »Würzig Brot, herzhaft, fein, wir hau'n rein!« Einfach nur wow.

Eine TV-Legende aber überragt für mich bis heute alles. Er war nicht der Held, den wir verdienten, aber der, den wir brauchten. Also sahen wir ihn, obwohl er es nicht ertragen konnte, denn er war eigentlich kein Held, er war ein stiller Wächter, ein nervlich fragiler Beschützer, ein in der Nachtschleife gefangener Ritter. Er heißt Bernd und ist ein Brot. Ein Kumpel wollte letztens einer Finnin erklären, wer Bernd das Brot ist. Er zögerte lang und sagte schließlich: »You know, there is this depressed bread, he has a really sad and grumpy face and really short funny arms, and he's trapped in this eternal loop of doom and random stuff happening all the time. Basically, he's shouting at you all night you should switch of the TV and really if you stare into his deeply sorrowed eyes you feel this kind of existential despair, a bit like reading Nietzsche as a teenager, and the whole things becomes a metaphor for how silly and useless your tiny life really is, and yeah, it's going on all night on the most famous channel for children.«

Dass Bernd das Brot existiert, ist ein kleines Wunder. Nicht alle Helden tragen Cape und die wenigsten, die Cape tragen, sind wahre Helden. Du aber, Bernd, erschaffen von einem Volk, das jahrhundertelang Brot abkultet und weltweit für seine schlechte Laune bekannt ist, du bist der wahrhaftige Ausdruck unserer Seele: ein mies gelauntes Sauerteigerzeugnis, das restlos aufgegeben hat. Ohne nennenswerte Fähigkeiten und von warzenartigen Wulsten überzogen hast du dich in das Herz eines jeden deutschen Kindes hineinbeleidigt. Einfach nur wow.

Ich habe wirklich nur diesen einen Wunsch: Wenn meine Prostata auf die Größe einer Honigmelone angeschwollen ist und die gichtgeplagten Gelenke mich gerade so an den Briefkasten und zurück tragen, dann möchte ich eine letzte Reise antreten, nach London, wo dir eine kastenförmige Arena gewidmet ist. Als Hologramm schwebst du vor uns, langsam öffnest du deine verbitterten Lippen, mein Griff um den Rollator wird fester, und dann sprichst du aus, worauf ich, worauf eine ganze Generation ein Leben lang gewartet hat: »Mist.«

Micha

Das englische »sonder« bezeichnet den Moment, in dem man realisiert, dass jede zufällige Person auf der Straße ein so komplexes und vielschichtiges Leben wie man selbst führt. Und dass man für die allermeisten Geschichten nur dieser eine Typ im Hintergrund ist, der an einem Eis schleckt. Soweit ich weiß, gibt es leider kein Wort für den Effekt in Kleinstädten, dass man ein Leben lang aneinander vorbeilaufen kann, ohne sich wahrzunehmen, und dann sorgt eine nähere Begegnung dafür, dass man sich ab da ständig sieht. Micha dürfte so eine Person für nahezu alle Menschen in Jena sein. Einen wie ihn gibt es in jeder Stadt.

Du bist du ein großer Mann, Micha. Du hast Orchester dirigiert, Kandidaturen für den Land- und Bundestag bestritten, kennst Wladimir Putin persönlich. Ich muss gestehen, das sieht man dir nicht an. Es mag die leicht gebückte Haltung sein, der abgewetzte Jutebeutel in deiner linken Hand oder das Sternburg in deiner Rechten. Dein schlurfender, zielloser Gang oder dein ständiges Schnorren um Zigaretten am Ende des Monats. Aber ja, wenn man deinen Geschichten glaubt, dann bist du ein großer Mann.

Die allermeisten scheinen nicht zu wissen, mit wem sie es zu tun haben. Sonst würden sie sich nach dir umdrehen, zu tuscheln beginnen, wenn du den Raum betrittst. »Ist das Michael Gruner? *Der* Michael Gruner?!«, würden sie fragen und um ein Selfie mit dir bitten. Wenn sie wüssten vom Arbeitsunfall, der dich mitten im Leben erwischt hat, wenn sie wüssten, wie sehr du dir mit einem Grad der Behinderung von 80 den Arsch aufreißt. Vielleicht wissen sie es auch. Vermutlich hast du es ihnen erzählt, wie du es jedem erzählt hast. Vermutlich haben sie geschluckt und empathisch gelauscht. Und der Gedanke, dass auch ihnen das passieren könnte, hat sie in solchem Unbehagen zurückgelassen, dass sie es verdrängt haben. So ging es zumindest mir.

Nimmt man alle Lifestyle-Blog-Artikel und Selfcare-Insta-Kacheln zusammen, dann scheinst du die viralsten Weisheiten unserer Zeit zu berücksichtigen: Du bist sichtbar, eine Person des öffentlichen Lebens, lebst in den Tag hinein, von Moment zu Moment, verschwendest deine Energie nicht an die Vergangenheit, bist ganz im Hier und Jetzt, hast keine Termine und leicht einen sitzen, keine Scheu vor anderen Menschen, sprichst sie an, teilst deine Geschichten, schenkst ihnen dein lückenhaftes Lächeln, kommst ihnen nahe, gibst nicht viel auf materiellen Besitz, lebst jeden Tag, als wär es dein letzter. Dennoch sind die anderen es, die verschwenderisch hohe Trinkgelder geben, während du in fast jedem Lokal Hausverbot hast.

Leicht vornübergebeugt, die abgewetzte Tüte in der linken und das Sternburg in der rechten Hand, schlurfst du auf mich zu. Mit einem leichten Nicken in meine Richtung versicherst du dich meiner Gunst. Viele Jahre hätte ich ich dich herübergewunken und mir eine deiner Geschichten angehört. Heute schau ich angestrengt durch dich hindurch, ich weiß, wenn ich deinen Blick nicht erwidere, lässt du mich in Ruhe, schwemmst an mir vorbei wie ein Stück Treibholz auf der Suche nach dem nächsten Stein, an dem es hängenbleiben kann. Ich erinnere mich nicht, wann ich das letzte Mal die Geduld aufbrachte, dir zuzuhören. Es ist lange her.

Ich frage mich, wie du zu den Leuten stehst, die Pfand sammeln. Sie genießen den Respekt, der dir verwehrt bleibt. Sie winke ich gern zu mir herüber, das kleine Flaschenlager meiner Gruppe gönnerhaft zusammengeräumt. Sie bedanken sich artig und sind gleich wieder weg, kein Gespräch, keine Story, schnell weiter zur nächsten Gruppe, wo wieder 40 Cent auf sie warten. Sie kennen ihren Platz. Dein Fehler ist: Du willst dazugehören.

Wie schnell öffnet sich mein Herz den Schönen und Talentierten dieser Welt und wie klein zeigt es sich dir gegenüber? Du machst es mir nicht leicht, du machst es niemandem leicht. Du stehst immer ein bisschen zu nah, dein Atem riecht nach Bier oder nach Essig, jede Gruppe, in die du dich hineindrängst, stiebt schnell auseinander und die naivste Person verwickelst du so lange in ein Gespräch, bis auch sie irgendwann ungemütlich wird.

Dein politisches Thema ist Inklusion. Seit 2014, erst für die FDP, dann für Die PARTEI, zuletzt als Parteiloser. Du siehst dich als Stimme all jener, die durchs Raster fallen, die Hartz IV erleben müssen und spüren, wie unmenschlich es ist. In der Zeitung finde ich den Satz von dir: »Sollen sie sich die Kugelschreiber und Ballons bei den anderen Parteien abholen, politische Vertretung bekommen sie bei mir.« Und hier stehe ich, als politisch linker Mensch mit behauptet offenem Herzen, der mit all deinen Anliegen sympathisiert, schaue angestrengt durch dich hindurch, erwidere deinen Blick nicht, warte darauf, dass es dich vorübertreibt.

Für Männer wie dich spielen wir die klassische Musik an S-Bahnhöfen, weil sich gezeigt hat, dass es euch fernhält. Für dich ziehen wir Armlehnen inmitten von Parkbänken ein, damit ihr nicht auf ihnen liegen könnt. Wir verschließen unsere Arme und verhärten unsere Herzen. Geschichten wie deine stoßen auf unsere tauben Ohren. Um unser schlechtes Gewissen zu beruhigen, landen sie in der Lokalpresse oder in Lesebühnentexten. Du wirst an den Orten als »kultiges Original« abgefeiert, an denen man dich nicht riechen muss. Damit wir uns kurz einbilden können, nicht wegzusehen.

All das tut mir leid, Micha. Aber mehr kann ich dir auch hiermit nicht anbieten. Was bleibe ich dir schuldig, Unbekannter auf der Straße, der du dich wieder und wieder in mein Leben drängelst? Ich bleibe dir alles schuldig, alles, bis auf ein verhaltenes Nicken, alles, bis auf diesen Moment geheuchelter Solidarität, alles, bis auf den aufrichtigen Wunsch, dass du immer jemanden finden mögest, der ein Bier mit dir teilt und dem du am Anfang des Monats eine Zigarette anbieten kannst.

Denn was du hast, das teilst du.

Was du weißt, erzählst du.

Und was du willst, erreichst du vielleicht nicht, aber du hörst nie auf, es weiter zu versuchen.

Das perfekte Geschenk

Ich kenne niemanden, der diese Sache mit der Kunst anfängt,
um auf Weihnachtsfeiern aufzutreten. Ich kenne allerdings auch
niemanden, der konsequent genug wäre, um diese Gigs in den
Anfangsjahren einfach auszuschlagen. Die erste anständige
Gage einer Karriere stammt nicht selten aus einem mittelstän-
dischen Betrieb und wird zwischen einem rumpeligen Cover von
›Last Christmas‹ und dem nervösen Zauberer verdient. Deshalb
kann es nie schaden, den ein oder anderen Weihnachtstext im
Gepäck zu haben.

Ich streife orientierungslos durch das festtagsgeschmück-
te Einkaufszentrum. Es sieht es aus, als wäre vor wenigen
Minuten eine Kiste Kitsch explodiert. Mein Auftrag: Ein
Weihnachtsgeschenk für meine Freundin finden. Eigentlich ist es ganz einfach. Es darf nicht zu billig sein, das
wäre geizig. Es darf nicht zu teuer sein, das wäre gönnerhaft. Ich darf es mir nicht zu einfach machen, das wäre
faul. Aber auch nicht zu viel Mühe geben, das wäre cree-
py. Es muss aufmerksam sein, aber nicht offensichtlich. Es
muss sie überraschen, aber nur so, dass sie es sich eigentlich *fast* hätte denken können. Es darf nicht zu klein sein,
das wäre enttäuschend. Es darf nicht zu groß sein, das
wäre zu sperrig für den Heimweg. Ungefähr fußballgroß,
denke ich mir, aber lieber kein Fußball. Sie interessiert
sich so wenig dafür, dass sie »Schweinsteiger«vermutlich
für einen versauten Schlagersänger hält. Ach, sie ist toll.
   Vielleicht das Wichtigste am Geschenk in einer Bezie-
hung: Es muss die Kommunikation beachten. Einen Home-
trainer zu schenken, sagt: Du bist fett. Viele Pralinen zu
schenken, sagt: Ich will, dass du auch fett bist. Das Geschenk für sie muss sagen: Ich liebe dich. Aber dabei na-

türlich beachten, dass wir erst ein halbes Jahr zusammen sind. Also vielleicht kein »Ich liebe dich über alle Maßen«, sondern eher ein »Ich liebe dich schon ziemlich doll, würde mir jetzt aber auch kein Bein abhacken, falls du meine Gefühle jetzt oder demnächst nicht zu 100 % erwiderst. Ich würde schon auch klarkommen ohne dich, wäre halt nur traurig. Nicht todtraurig. Aber schon ziemlich traurig. Und was ich damit eigentlich sagen will: Es ist schön, dass es dich gibt und wir uns gefunden haben.« Also, wie ich eingangs sagte, eigentlich ganz einfach. Wäre heute nicht der 23. Dezember. 19:35 Uhr. Mein Blick streift über die Auslagen an Schmuck und Schund und ich Arsch bin am Arsch.

Weihnachten überfordert mich. Als Kind war es magisch, verzaubernd und glückselig, als Erwachsener ist es einfach nur belastend. Es überfordert mich mehr als die Zählweise beim Tennis. 15 – 30 – 40? Ganz ehrlich, was soll der Scheiß? Es überfordert mich mehr als französische Zahlen, die größer als 69 sind. Gut, ich will ehrlich sein, die größer als 3 sind.

Das Konzept von Weihnachten geht ja noch irgendwie in Ordnung: Es ist dunkel, also hängt man Lichter auf. Mega geile Idee. Es ist kalt, also schüttet man Glühwein in sich rein. Mega geile Idee. Man sieht die Familie das ganze Jahr nicht, also feiert man ein Fest des Kitsches und der Liebe – je nach Familie ganz okaye Idee. Aber diese Sache mit den Geschenken. Ich brauche eins für Mama, Papa, Bruder, Schwester, Oma und Opa mütterlicherseits und, weil das sonst unfair wäre, für Oma und Opa väterlicherseits. Das ist bisher noch keine vollständige Liste, nur das absolute Mindestmaß, das jedes Jahr einzulösen ist, um nicht wahlweise für alle Zeiten der sozialen *Ächtung* ausgesetzt zu sein oder schlicht *enterbt* zu werden. Ich brauche eins für den besten Freund, für die beste Freundin, ab da wird es kompliziert: Wie weit gehe ich mit den Geschenken? Das sendet ja alles Signale. Letztes Jahr habe ich dir noch was geschenkt, dieses Jahr nichts, sagt: Unsere Freundschaft ist beendet. Ich hab was für dich, du aber nichts für mich, heißt: Ach, was für ein schlechter Mensch du doch bist, viel Spaß damit!

Ich hab mal gehört, dass persische Fürsten ihre Feinde in einen wasser- und luftdichten Fellsack eingenäht und darin für 30 Tage gefüttert haben, sodass sie nach und nach durch die Parasiten in ihren eigenen Exkremente verendet sind, dennoch bin ich sicher, dass Geschenkezwang die grausamste Foltermethode ist, die Menschen jemals erdacht haben.

In meinem Kopf beginnt sich alles zu drehen. Es ist ausgeschlossen, dass ich in den verbliebenen acht Minuten vor Ladenschluss jetzt noch irgendetwas finde, das meinen Kriterien auch nur annähernd entspricht. Ich gehe an jenen Ort, den Menschen nur dann aufsuchen, wenn sie ihrer Kreativität eine Bankrotterklärung ausgestellt haben. Die Glastüren von NANU-NANA schieben sich vorwurfsvoll auseinander. In die Gesichter der Menschen zu blicken, die sich jetzt hier noch rumdrücken, ist beschämend. Ebensogut könnten sie gerade aus einem Pornogeschäft ans Tageslicht treten. Ich greife nach dem erstbesten Gegenstand: eine mit pinken Pailletten überzogene Kuscheldecke mit Zipper in Form einer Meerjungenfrauen-Flosse.

In der Schlange an der Kasse begegne ich meiner Freundin.

»Hey«, sage ich.

»Hey«, sagt sie.

Sie hat ein hellblaues Alpaka-Kirschkernkissen in ihrem Einkaufskorb. Ich nicke ihr zu, sie nickt mir zu. Das ist so peinlich, denke ich mir, Alpakas sind 1 000 Mal cooler als Meerjungfrauen, ich habe komplett versagt. Ihr Kopf ist ebenfalls hochrot angelaufen. In stummer Übereinkunft legen wir den Krempel zurück ins Regal und verlassen den Laden Richtung Glühweinstand. Als wir mit den brühheißen Tassen anstoßen und sich unsere Blicke im Dampf begegnen, pumpen unsere Herzen, als wäre in ihnen vor wenigen Minuten eine Ladung Liebe ausgelaufen. Da fällt mir ein: Ich habe doch noch diesen Fußball zuhause.

Gönsehaut

Ich bin ein eher gelassener Typ. Das Aufregen und Schimpfen auf der Bühne überlasse ich anderen. Über eine Sache kann und will ich allerdings nicht länger schweigen. Schon seit vielen Jahren brodelt es in mir, irgendwann musste es mal raus.

Wann sind Buchhandlungen zu diesen grausamen Orten geworden? Auf jedem Cover ist grundsätzlich ein saftroter Blutspritzer, neben einem Messer, neben aufgerissenen Augen, neben einem flashigen Titel wie »Ich finde dich«. Man geht hinein und denkt, in jedem Winkel der Welt wird nichts getan außer gemordet. Ein Blick in die Auslage gefällig? »Der Seelensammler vom Odenwald«, »Tödlich im Abgang – ein Weinkrimi aus Südtirol«, »Tod im Allgäu«, »Tod im Harz«, »Tod in der Provence«, »Der Tod in ihren Augen«, »Mein Leben als Tod«, »Mord in Saint-Tropez«, »Mord in Genua«, »Mord in der Familie«, »Mord am Viktualienmarkt«. Was zur Hölle ist der Viktualienmarkt? Und ist der nur interessant, wenn da jemand gemeuchelt wird?

Ich habe Fragen! Zum Beispiel: Denken Autor*innen wirklich, sie tun ihrem bedeutungslosen Heimatort einen Gefallen, indem sie einen Lokalkrimi schreiben? *Hey, hier ist zwar nix los, aber nicht so wenig, dass nicht hin und wieder gemordet wird.* Wirklich cool. *Hach, jedes Mal, wenn ich in Tirol bin, denk ich an das Bolzenschussmassaker bei Mitternacht. So romantisch!* Und warum mag meine eigene Mutter, der liebste Mensch der Welt, alles, was mit *Crime* zu tun hat, mehr als *mich*? Sie mampft die Buchseiten weg, als hinge ihr Leben davon ab, wie so eine Krimi-Raupe Nimmersatt. Bei mir meldet sie sich etwa zweimal im Jahr, damit ich ihr einen neuen Crime-Podcast empfehle. Der Crime-Hype scheint nicht nur sie, sondern das ganze

Land in einem sanften Würgegriff zu halten, alle leiden am Stockholm-Syndrom und finden es ja mal so richtig geil.

Wie muss ich mir die Sonntagabende auf der anderen Seite des Bildschirms vorstellen? Das Tatort-Intro ertönt. Er, außer sich: »Oh, Gönsehaut, Beate, Gönsehaut! Ich sag's dir, wie's ist: Jetzt will ich erst mal 'ne Leiche sehen! Hol die Kinder, es gibt Leichen! Zürich oder Bremerhaven ist mir scheißegal – Hauptsache zerstückelte Körperteile!« Sie ganz entzückt: »Ach, schau an, der aus Münster. Der Boerne, bah, so herrlich einfach! Und die Assistentin, hach, ulkig! Ja, Zwergenwitze macht man nicht, aber wenn sie der Professor macht, der so lustig redet, der jede Endung so sau-ber ar-ti-ku-liert, das ist ja zum Zungeschnalzen! Die ist aber auch klein, ja, Gott sei Dank sagt es mal jemand! Seit Jahren denk ich mir: Mann, jetzt muss es doch mal einer aussprechen, dass kleine Menschen klein sind! Jede Wahrheit braucht ja einen mutigen Professor, der sie ausspricht, das war schon bei Bernd Lucke 'ne gute Idee, hat sich bewährt, würde ich sagen. Ach, der Jan Josef liefert einfach richtig ab!«

Jan Josef fucking Liefers, das muss man auch erst mal schaffen, dass der mit Til Schweiger nicht der beschissenste ist! Komm, wir gehen gleich nochmal auf die Intensivstation, Jan Josef, und gucken uns zusammen an, ob da auch *wirklich* Leute sterben an dem Corona und ob 120-kg-Patient*innen *in echt* so schwer auf den Rücken zu drehen sind, das glaubt man ja gar nicht, wenn man sie nicht mal mit den eigenen schmierigen Griffeln angefummelt hat. Warum hat sich der #allesdichtmachen nicht auf deine Fresse bezogen, Jan Josef?

Im Schatten der allgemeinen Blutlust hat sich ein Genre der letzten Jahren in den Aufmerksamkeitscharts schleichend ganz nach oben gemeuchelt: *True Crime*. Was um alles in der Welt ist so geil daran, wenn Mädchen in den Welt geschleppt werden und in plastischer Genauigkeit beschrieben wird, wie sie dort ausgeweidet werden und sich ihr Dickdarm um die Luftwurzel gewickelt hat? Was geht denn bitte ab?

»Ach, das ist einfach so grausam« – dann erzähl es doch bitte keinem Millionenpublikum, Sabine!

»True Crime – denn jeder Mensch, auch du, hat ein dunkles Geheimnis.« Ist das so, ja? Ich denke, das dunkle Geheimnis der meisten ist, dass sie nachts Nutella naschen.

»True Crime – In dieser packenden Story geht es um den geheimnisvollen Mann von nebenan mit mysteriöser Vergangenheit.« Weirder Kink, Sabine! Mein Nachbar hat sich bei der Weihnachtsfeier mal mit dem nackten Arsch auf den Kopierer gesetzt. Dunkel ist es in seiner wirklich dicht behaarten Arschritze, aber leider auch nur da. Ist das denn wirklich so schwer zu akzeptieren, dass wir alle ein bisschen langweilig sind?!

True Crime, mit der Betonung auf *true*, denn mir reicht es einfach nicht, wenn kleine Mädchen in den Wald geschleppt und ausgeweidet werden, ich brauch dann auch noch die Gewissheit, dass das 1997 gleich hier um die Ecke, wo die Tante Ursula wohnt, tatsächlich mal eine erwischt hat, sonst kommt doch da gar keine Gönsehaut auf!! Ohne die graphischen Details wie ihre geplatzten Augäpfel spür ich mich doch gar nicht mehr. Ein unsägliches Verbrechen ohne Worte, das jeder Beschreibung trotzt?! Sowas muss doch bitte in detailversessener Genauigkeit vor unseren Augen wieder und wieder ausgeschlachtet werden, sonst ist ja das kleine Mädchen am Ende vollkommen umsonst gestorben, wenn nur der Täter was davon hatte, aber nicht ICH! Denn darum geht es doch am Ende bei den grausamsten Taten, die Menschen sich auf diesem Planeten gegenseitig zufügen können – dass ich am Ende mit bebenden Lippen den Satz sagen kann: »Also, dass Menschen zu *so etwas* in der Lage sind.«

Da krieg ich ja Gönsehaut bei so viel Mitgefühl, das du da zeigst, was für ein guter Mensch du bist, Sabine, dass du andere nicht einfach aufschlitzt, wirklich, ganz toll, diesen Humanismus bewahrst du dir bitte bis ins hohe Alter. Deine moralische Dominanz macht mich so geil! Bitte sag mir, wie viele Jahre dieses Scheusal gesessen hat, Sabine, damit ich mich wegen der absoluten Minimalanforderung menschlichen Zusammenlebens – sich gegenseitig nicht aufzuschlitzen – so *richtig gut* und *überlegen* fühlen kann.

Hmmm. Weißt du, was ich habe, Sabine, am ganzen Körper? Komplett Gönsehaut!!!

Das hier waren jetzt übrigens fünf Minuten Entertainment, in denen niemand vergiftet, verschleppt, enthauptet, vergewaltigt, zerstückelt oder auf sonstige grausame Art zu Tode gekommen ist. Sterbenslangweilig, ich weiß. Aber wenn ich daran denke, dass die allermeisten Leute ein bisschen langweilig und lieb und nett sind, ich auf die meisten zugehen kann, ohne einen Axtmord befürchten zu müssen, und welches Universum an Möglichkeiten und potentiellen Begegnungen sich durch diese Erkenntnis ergibt, da bekomm ich tatsächlich ein bisschen echte Gänsehaut.

Fremd im eigenen Land

Ein Wahlspruch, den die neue Rechte gern auf den Marktplätzen der Republik skandiert, auch bei mir um die Ecke, lautet: »Heute sind wir tolerant, morgen fremd im eignen Land.« Auf eine merkwürdige Weise hat mich die Phrase »fremd im eigenen Land« angesprochen, ich schätze mal, aus ganz anderen Gründen. Daraus ist folgender Text entstanden.

Ich bin kein guter Deutscher. Mein erstes Sauerkraut hab ich auf mein Lätzchen gewürgt. Als ich meinen ersten Schlager hörte, da hab ich geflennt. Vor Wut. Ein einziges Mal in meinem Leben hab ich mich in eine Lederhose gezwängt. Eine Erfahrung, die zu gleichen Teilen aus Schweiß und Ziemlich-scheiße-aussehen bestand. Die Vorbilder meiner Kindheit hießen nicht Siegfried oder Barbarossa, sondern Bart und Lisa Simpson. Ja, ich glaube, ich bin alles in allem ziemlich mies integriert. Bis heute klatsche ich nicht auf 1 und 3 und würde niemals unsere Hymne mitsingen.

Und das, obwohl ich Friedrich Herrmann heiße. Ein Name, so deutsch wie ein mit Leberwurstbrot belegter Hackbraten. So deutsch wie ein Bierhumpen in schwarzrot-gold mit Zinndeckel in Form einer Pickelhaube, aus dem dicke Männer mit Sonnenbrand auf dem Rücken aus überlangen Strohhalmen Sangria saufen. Dazu bin ich dünn und blass, gehöre zur Mittelschicht, bin optisch sowas Ähnliches wie ein Mann – beste Voraussetzungen also, um mich in diesem Land wohl und als »echter Deutscher« zu fühlen. Doch ich tue es nicht. Mir wurde beigebracht, dass Deutschsein wie eine hässliche Vase aus Porzellan ist, die als Erbstück im Schrank verstaubt und für die ich mich schämen muss, wenn Besuch da ist. Und ich glaube, da bin ich nicht der einzige.

Aber – und das ist ein großes Aber – so wie die Dinge im Moment stehen, vergeht mir ein bisschen die Lust, ein positiv verstandenes Deutschsein den Gestalten aus dem neuen rechten Spektrum zu überlassen, die mit »paviangesichtige Arschkrampen« noch sehr positiv umschrieben sind. Ich würde Identitären, PEGIDA, AfD und drittem Weg gern etwas entgegenhalten, ein anderes Bild vom Deutschsein, das nicht einfach nur ein Fotonegativ ist.

Ich erinnere mich gut, wie ich in meinem Jahr als Backpacker zuverlässig zusammenzuckte, wenn sich neben mir an der Hostelrezeption ein deutscher Akzent entblößte: »Excuse me, do you have the ... *doubleyou-län*-password?«

Ich erkannte sie auch im Supermarkt, an der Art, wie sie fachmännisch die Brotrinde auf ihren Härtegrad prüften und im Falle unbefriedigender Fluffigkeit abschätzig seufzten. Während die Alejandros und Chloés solche Momente des Erkennens nutzten, um Kompagnons ausfindig zu machen, gab ich mir stets extra große Mühe mit meiner Aussprache, um ja nicht enttarnt zu werden und eventuell als Brite durchgehen zu können. Meine Sätze an der Rezeption begannen mit »Pardon!« oder »Well ...«. Das Gesprächsthema Nummer 1 unter Deutschen im Ausland ist, dass es zu viele Deutsche im Ausland gibt.

Im Sommer 2018 stand ich in Chemnitz dort, wo ein paar Wochen zuvor Menschen durch die Straßen gejagt wurden. Der neuen Rechten halte ich gerne vor, dass sie nichts anzubieten hat, dass sie immer nur dagegen ist, und hier stand ich, skandierte mit zehntausenden »Alerta, Alerta, Antifascista« und »No Border, No Nation« und uns einte, dass wir K.I.Z. gut fanden, weil sie die richtigen Sachen scheiße fanden. *Gegen* das Gleiche zu *sein*, ist einfach, *für* das Gleiche zu sein, unendlich schwierig. Auf Antifaschismus kann ich mich schnell einigen, das »Wofür« ist ziemlich knifflig.

Wenn ich Deutschsein als Porzellan-Vase sehe, dann bleibt mir nichts anderes übrig, als sie früher oder später zu zertrümmern. Aber was, wenn es keine Vase ist, sondern ein großer Klumpen Knete, wie er früher bei uns im Flur stand und aus dem ich manchmal diese Kügelchen geformt habe, an denen unsere Katze zweimal fast erstickt wäre. Na ja, was ich sagen will: Deutschsein ist formbar. Deutschsein ist das, was man draus macht. Es müssen eigentlich immer nur genug Menschen mitmachen und sagen: Das ist deutsch. Und dann ist es das.

Deutsch: Das könnte sein, der Nationalelf dabei zuzusehen, wie sie in der Vorrunde rausfliegt, und sich danach zu denken: »Hm, mal schauen, wie's beim Damen-Handball läuft. Hey, das ist ja viel spannender! 15 Tore in einer Hälfte? Wann soll ich hier denn Pipi machen? Oh, wie die wischen, guck mal, wie die wischen!«

Deutsch: Das könnte sein, in der Bahn ganz entspannt sitzenzubleiben, bis der Zug auch wirklich in den Bahnhof eingefahren ist, erst dann sein Gepäck zu schnappen und in aller Ruhe auszusteigen.

Deutsch: Das könnte sein, einen Flughafen so zu schlecht planen, dass sich die Fertigstellung um mehr als acht Jahre verschiebt, um dann festzustellen, dass sich so viele Witze über diesen Flughafen machen lassen, dass man einfach sagt: »Nö, den machen wir jetzt direkt wieder dicht! Das bleibt für immer unser satirisches Bauwerk!«

Deutsch: Das könnten kollektiver Edelmut, politische Schönheit und lange Umarmungen sein.

Deutsch: Das könnten braune Haare, braune Haut, braune Augen und bunte Gedanken sein.

Deutsch: Das könnte sein, ich mag dieses Land für die vielen Freiheiten, die ich hier habe. Für die kostenlosen Unis, für das Ehrenamt, für die Vereine, für die vielen Menschen, die sich engagieren und Bock haben, für die

Sprache, für die Musik, die Bücher, die Gedichte, nicht so für Filme (aber da gibt es auch ein paar, die ganz okay sind), und vor allem dafür, wie es sich seiner Geschichte stellt. Ich halte es für unmöglich, dieses Land zu lieben, und für idiotisch, stolz darauf zu sein. Aber wenn Deutschland es schaffen würde, seinen Kern nicht länger darin zu sehen, besser als andere zu sein, dann würde ihm gern die Hand reichen und sagen: »Weißt du, dein Brot ist wirklich schwer in Ordnung.«

Und dann mal schauen, was passiert.

Die schönste Sache der Welt

Das hier ist ein Text über die schönste Sache der Welt. Und nein, ich meine nicht das, was klebt und qualvolle Teenagerjahre auf sich warten lässt, um schließlich überstürzt in einem schmuddeligen Hinterhof zwischen zwei Pfandkisten hingehechelt zu werden und alles in allem so unterwältigend ist, dass du dir noch währenddessen denkst: Hm, das ist 10 % besser als Onanieren, aber deshalb dieser ganze Aufstand? Ich weiß ja nicht …

Die schönste Sache der Welt geschieht täglich und viele Stunden, sie wird nie langweilig, macht nicht dick, ist klimaneutral, einfach die rundum bestmögliche Tätigkeit auf diesem Planeten: schlafen. Versteht mich nicht falsch, es gibt schon ganz okaye Dinge, die man tagsüber machen kann. Aber bei 90 % denk ich mir: Uff, ich wär gerade echt lieber im Bett.

Es gibt diese Menschen, die mit Energie aufstehen. So: »Wohoo! Der Tag gehört mir!« Wenn ihr die kennt: Stellt sie mir bitte nicht vor. Ich möchte sie nicht kennenlernen. »Gib jedem Tag die Chance, der beste deines Lebens zu werden!« Ich gehe morgen auf eine Beerdigung, soll ich auf dem Sarg stepptanzen oder wie stellst du dir das vor? Für mich ist Aufstehen der Feind, ein zermürbender Kraftakt, kondensierte Qual. Ich hab noch nie ein Kind geboren, aber es kann nicht so viel schwieriger sein, als aufzustehen.

Es geschieht am Morgen, ohnehin die schlimmste Zeit des Tages. Weil es noch viel zu lange hin ist, bis man wieder schlafen kann. Mittag ist hinnehmbar, einfach ein kleines Nickerchen auf der Seite. Und abends, hm, da fängt es an, zu prickeln. Abends umspielt ein Dauergrinsen meine müden Lippen. Ich genieße das richtig. Hier noch ein Weinchen, da noch ein Filmchen, vielleicht noch ein paar Buchseiten – nicht weil ich irgendetwas davon spannend finde, ich mach es, um die Vorfreude aufs Schlafen noch ein bisschen auszukosten. Und dann der Moment, wenn dein schwerer Kopf langsam ins luftige Kissen sinkt und dich dein Schlaflager mit federweichen Armen umschmiegt – verdammt, ist das gut. Jedes Mal aufs Neue. Ich schlafe so gern, es ist fast tragisch. Denn immer, wenn ich aufstehe, ist das Beste vom Tag schon rum.

Ich wache auf: »Ach, war das schön.« Dann sehe ich irgendetwas: »Bitte nicht ...«

Es gibt Menschen, die würden am liebsten *nie* schlafen, um *noch* mehr zu schaffen. Was ist da eigentlich falsch gelaufen? Sie rücken dir auf die Pelle und zeigen Videos auf ihrem Smartphone: »Stell dir vor, jede Stunde deines Lebens wäre ein Smartie« und dann siehst du da diesen großen Berg an schlecht animierten Smarties. »Jetzt ziehen wir das ab, was bereits hinter dir liegt« Dann kommt so eine Hand und wischt erstmal in Drittel weg. »Diese Zeit verbringst du mit Essen und Trinken« – wieder was weg. »Diese mit deinen täglichen Pflichten wie Einkaufen, Aufräumen und Putzen« – wieder was weg. »So viel wirst du in deinem Leben arbeiten« – wieder was weg. »Und so viel schlafen« – richtig viel weg.

Und was übrigbleibt, ist ein ganz kleiner Haufen mit grünen Smarties und dann heißt es: »Du denkst, du hast Zeit. Aber sieh hin, wie viel Zeit ist dir *wirklich* gegeben?« Und ich schätze, das soll so ein Moment der Einkehr sein, in dem man ganz tief in sich geht und denkt: »Habe ich mein Leben vergeudet?«

Mein Blick wandert rüber zu dem Riesenberg mit Schlaf-Smarties und ich denk mir: »Nice! Du bist mein Haufen! Smartiebad! Kann ich dich vielleicht *noch* größer machen? Bist du bequem? Kann ich dich eintüten und einen flauschigen Sitzsack aus dir machen?«

Die mit Abstand beste Lebensphase: Baby sein. 16 Stunden herumdösen mit kleinen Milchpäuschen dazwischen. Gekuschelt an eine Brust, die fast so groß ist wie du selbst. Wie schön ist das denn bitte? Und seien wir ehrlich, besser wird's dann auch nicht mehr. Das ist das Leben: Man ist Baby und danach geht es ganz steil bergab.

Das mit Abstand schlimmste Märchen: Dornröschen. Ein an sich perfektes Setup, 100 Jahre paradiesisches, rosenumranktes Dahinratzen und dann ruiniert ihr dieser dahergelaufene Dude alles, indem er ihr ungefragt ins Gesicht schlabbert? Schon mal was von Einvernehmlichkeit gehört? Was ist das denn für einen Kennenlerngeschichte? »Ja, also eure Mutter lag da so rum und ich fand sie hot und dachte mir, geil, die kann sich nicht wehren, dann hab ich ihr meine Zunge ungefragt in den Rachen gerammt.« Grimms Märchen. Wo ist die Cancel Culture, wenn man sie wirklich ganz dringend braucht?

Ja, Schlaf ist politisch. Aus jeder Richtung wird gebrüllt, man müsse doch endlich aufwachen und aufstehen. Falsch! Der Wahlspruch der Stunde kann nur lauten: Hinlegen und liegenbleiben! In einer Zeit, in der jeder Winkel wacher Aufmerksamkeit mit Content-Silikon aus Reels, Memes und Snippets verklebt wird, ist Schlafen das letzte Refugium, jedes Augenzucken in der REM-Phase ist gelebter Widerstand! Unsere Städte sind schlaffeindliche Orte: Die Bänke unbequem, öffentliches Duseln eine Ordnungswidrigkeit, »Penner« eine ehrlose Beleidigung. Wo sind die Liegewiesen? Wo die öffentlichen Matratzenlager von euren Steuergeldern? Ich bin Künstler, das »eure« habe ich sehr bewusst gewählt.

Hier ist mal eine Verschwörungstheorie für eure Telegram-Gruppen: Uns wird der Schlaf geklaut! Jeden Tag ein bisschen mehr! Holen wir ihn uns zurück! Ein Löwe schläft durchschnittlich 18 Stunden täglich. Sein Tag besteht aus Schlaf, Kopulation, Nahrungsaufnahme und Schlaf. Und wir nennen den Zustand, den wir haben, Freiheit? Was ist los mit uns?

Kein Gipfel im Kanzleramt vergeht, ohne dass »lang bis in die Abendstunden« verhandelt wird, und es gilt als Zeichen höchster Disziplin und Anstrengung, wenn in den Morgenstunden aus bleichen, durchnächtigten Mündern das Ergebnis der Verhandlungen in die Kameras gehustet wird. Habt ihr den Arsch offen? Wenn ihr über die Zukunft des Landes entscheidet, könnt ihr dann bitte wenigstens ausgeschlafen sein? Ich will den Kanzler und das Kabinett im Bademantel und mit Kaffee in der Hand sehen: »Ja, also wir haben uns das nochmal durch den Kopf gehen lassen ... und, meine Damen und Herren, das war 'ne richtige Scheißidee« – es geht doch!

Und ich muss zugeben, das war gerade ganz schön, ein paar Gedanken übers Schlafen zu sammeln und für euch aufzuschreiben. Aber genau genommen wär ich gerade lieber im Bett.

Jemand müsste mal

Eine Bürger*inneninitiative namens »Klimaentscheid Jena« hat innerhalb von wenigen Monaten den Stadtratsbeschluss »Klimaneutral bis 2035« durchgeboxt. Eine Mut machende, wenig beachtete Nachricht. Denn so schön Beschlüsse dieser Art sind, meistens ist es ja die Lücke zwischen Vorsatz und Umsetzung, an der es scheitert. Immer heißt es: Jemand müsste mal.

Ich habe nichts als Bewunderung übrig für Greta Thunberg. Hört man ihr trockenes Schwedinnenenglisch und schaut in ihr zusammengekniffenes Gesicht, wenn sie Sätze sagt wie: »I don't want your hope. I want you to panic«, dann zerfließt einem der Käsewürfel auf der Gabel, das Ryan-Air-Ticket geht in Flammen auf, das Smartphone, auf dem man ihre Rede schaut, brennt in der Hand wie der erhitzte Türknauf aus »Kevin allein zu Haus«. Man möchte sich einen Spaten schnappen und schnellstmöglich im eigenen Kartoffelbeet buddeln oder in den nächsten Unverpackt-Laden sprinten und Vorräte für den endgültigen Rückzug in die Waldhütte mit Plumpsklo zusammenklauben.

Greta ist die völlig unverbogene Tochter, die wir uns alle wünschen. »I want you to act as if the house is on fire. Because it is.« You go, girl! So wie Rosa Parks sich einst weigerte, im Bus aufzustehen, weigert sich Greta Thunberg, freitags zur Schule zu gehen – da haben wir sie, die greifbare Geschichte, die den Stein des Anstoßes zur Klimarevolution gibt! Da wo die Bilder von abgemagerten Eisbären und die moralinsauren Vorträge von Al Gore versagten, da redet uns Greta Thunberg so abgrundtief ins Gewissen, dass wir das eben noch genüsslich zerkaute Bio-Rumpsteak angewidert auf die Schieferplatte zurückwürgen. Yes! So weit, so fantastisch.

Greta Thunberg sei zu jung, kritisieren manche, um für einen globalen Kampf dieser Größenordnung eingespannt zu werden. Dabei ist ihr Alter ihr größter Vorteil. Altwerden – das sollte man nicht schönreden – hat viele hässliche Effekte. Einer der hässlichsten ist das Abfinden mit dem Status Quo. Es gab eine Zeit, da glaubte ich ernsthaft an Nutella-Alternativen und habe jeden Morgen Selbstkasteiung in Form von körnigen Nuss-Nougat-Creme-Imitaten auf meine Brötchen geschabt. Heute habe ich den Siegeszug von Ferrero zähnezutschend akzeptiert.

Es ist einige Jahre her, dass ich zum letzten Mal auf einer Halloween-Party war. Das mit Abstand gruseligste Kostüm auf der Studiparty trug ein Typ mit weißem T-Shirt und der Aufschrift »Auch du bist irgendwann 30«. Fuck. Wie grausam und zynisch muss man sein? In einem schwachen Moment erwischte ich mich bei dem Gedanken, den Typen am liebsten vom Balkon schubsen zu wollen. Ich hab es eventuell nicht getan.

Jetzt bin ich entgegen aller optischen Wahrscheinlichkeit über 30 und hab mich irgendwie damit abgefunden. Wie mit so vielem: Mit der blauen Ikeatüte unter meiner Spüle, die ausschließlich mit weiteren Tüten zugestopft ist. Mit Innenstädten, die im Wesentlichen aus Parkplätzen und Einzelhandelsketten bestehen, mit denen man seit Neuestem Mitleid haben soll, weil Amazon ja noch schlimmer sei. Mit handlich eingeschweißten Ananasstückchen, die in Costa Rica gepflückt, in Indonesien geschnitten, in Polen verpackt, bei mir um die Ecke verkauft werden und nach 2 Wochen im Kühlschrank in die Restmülltonne sliden. Mit Legebatterien, mit Glyphosat auf den Feldern und Phosphat in den Flüssen, mit Schleppernetzen, die den Kölner Dom umspannen, oder dem dummen Gesicht von Alice Weidel. All diese Dinge, die einen täglich umgeben und über die man sich längst müde empört hat.

Der Gedanke ist immer derselbe: »Jemand müsste das mal ändern.«

Jemand müsste mal. Hm. Wenn dieser Satz fällt, kann man sich sicher sein, dass mit einhundertprozentiger Wahrscheinlichkeit absolut rein gar nichts passiert. Hier ist die Liste von Leuten, die sich angesprochen fühlen sollten, wenn ich sage, »jemand müsste mal«:

- Du da
- Er da
- Sie da
- Die da oben
- Ihr da unten
- Die Chinesen
- Jeff Bezos
- Reiche Leute
- Arme Leute
- Leute mit Zeit und Nerven für sowas
- Das Team von »Galileo Mystery«
- Generell alle außer mir.

Es ist ein hilfreicher Satz für jede Lebenslage. Wenn ihr einen Film nicht sehen wollt, reicht der Satz: *Jemand müsste mal noch die Tickets besorgen, oder?* Wenn ihr kein Bock auf Knutschen habt, sagt einfach: *Jemand müsste mal den ersten Schritt machen, hm?* Wenn ihr wollt, dass alles so bleibt, wie es ist, ist der Satz »Jemand müsste mal« euer bester Freund – wenn ihr den noch auf 140 Seiten streckt, habt ihr das das Wahlprogramm der CDU.

Und ja, selbst der Erste zu sein, ist undankbar. Dann bist du der Typ, der seine eingetupperten Karotten-Sticks mit Dill-Tunke knuspert, während alle anderen sabbernd ihren Sauerbraten spachteln. Du darfst dir deinen Urlaub an der Bleilochtalsperre mit Dinkelcrackern schönmampfen, während deine ganze Timeline den Selfie-Körper am Strand von Teneriffa räkelt. Doch einer Sache kannst du dir sicher sein, nämlich dass deine Mühen Beachtung finden, dass alle ganz genau hinschauen werden und entdecken, … *dass die Verpackung deiner Dinkelcracker nicht kompostierbar ist, du Heuchler! Also es gar nicht erst zu versuchen, das ist ja okay, aber es zu versuchen und nicht sofort 100 % konsequent zu sein, mein Gott, wie kannst du es wagen?!*

»Jemand müsste dich mal ganz dringend vom Balkon schubsen«, denkst du laut.

Und dann kommt Greta Thunberg und macht es einfach.

Harry Potter und der Wandel des Klimas

Die Ortsgruppe von Fridays for Future Jena hat mich gebeten, einen Text für ihre Demo zu schreiben. Ich war etwas zögerlich, weil Texte, die für Klimademos entstehen, meistens recht deprimierend ausfallen. Hier also der Versuch eines fröhlichen Textes über die größte Krise unserer Zeit.

Die gute Nachricht: Die Lösung für die Klimakrise ist greifbar. Die schlechte Nachricht: Sie ist furchtbar langweilig. Stand jetzt ist das Problem, dass wir alle zu fleißig sind. Wir haben uns einem permanenten Hustle aus Bauen und Einreißen, aus Plackerei und optimierter Freizeit ergeben – und weil das alles so anstrengend ist, schaufeln wir auch noch Unmengen in uns rein. Wir sind Hamster mit unterschiedlichen Geschwindigkeiten, aber niemand verlässt das Rad. Der größte Akt der Rebellion wäre, einfach auf der Couch zu bleiben. Entspannte drei bis vier Nickerchen, großzügig über den Tag verteilt, Kuchen backen statt Kohlebagger fahren. Willkommen bei der schnarchigsten Revolution der Geschichte. Mich persönlich kostet das wirklich einiges an Mut und Überwindung, aber ... ich wäre dabei. Schweren Herzens stell ich den Wecker für morgen früh aus. Nur widerwillig. Aber ich tue es. Für die Menschheit.

Es klingt einfach, aber der größte Widerstand ist in jedem von uns tief verankert. Wir alle wurden schon in frühesten Jahren darauf gepolt, permanent irgendwas zu tun und abzuliefern. Es fängt in der Popmusik an: »Es gibt 194 Länder«, singt Mark Forster, »Ich will jedes davon sehen.

Sechseinhalbtausend Sprachen, ich versuch, sie zu verstehen.« Es freut mich wirklich sehr für Herrn Forster, dass er Wikipedia bedienen kann – aber was zum Geier hat der Mann gegen die Uckermark? Ganz légère, mit Zelt und Klapprad. Und der Dialekt kann in Sachen Verständlichkeit locker mit Kantonesisch mithalten.

Noch schlimmer aber ist Harry Potter. Der Boy mit dem Zauberstab hätte kein *einziges* seiner Probleme, wenn er im entscheidenden Moment einfach mal nichts täte. Andauernd steigt er durch irgendwelche Falltüren und nimmt irregulär an Turnieren teil und fliegt auf unsichtbaren Flügelpferden nach London – in keinem dieser Fälle bringt sein Heldenmut auch nur *irgendetwas*. Voldemorts finstere Pläne wären allesamt komplett vereitelt, wenn Harry sich im Gemeinschaftsraum gemütlich ein drittes Ei wachsen ließe. Expecto ovum!

Der Drang nach Taten und Leistung ist uns früh in die Seele gepflanzt worden, ständig feiern wir Menschen für ihre Errungenschaften. Wir sind umgeben von Denkmälern für die Leute, die ihr Leben lang geackert haben. Wie wäre es denn zur Abwechslung mit einem Denkmal für Opa Ralf? Opa Ralf saß immer nur richtig bequem im Sessel rum. Opa Ralf hat hart gechillt und rein gar nichts geleistet. Opa Ralf ist besser als wir alle! Opa Ralf verkörpert die neuen deutschen Tugenden: Schlafen bis 12, Obst und Gemüse mampfen, mittags richtig geil wegratzen, lecker Buch lesen und abends schön ins Deckchen einmuggeln. Zero Emissions, Freunde. Be like Opa Ralf!

Willkommen in den *boring twenties!* Ab morgen steht nur eine Sache im Terminkalender: Nämlich richtig geil wegsnoozeln.

Schule könnte so schön sein.

»Jasmin, bist du vorhin weggepennt?«

»Äh, ja.«

»Grandios, hier deine Eins!«

Statt Fleißbienchen gibt es zottelige Faultiere. Fun Fact über Faultiere: Die Verdauung arbeitet so langsam, dass sie nur etwa ein Mal die Woche koten müssen. Dafür müssen sie allerdings den Baum verlassen und sind leichte Beute für Raubkatzen. Das heißt, ein substantieller Anteil des weltweiten Faultierbestands stirbt beim Scheißen. Und der Evolutionsdruck übervorteilt jene Exemplare, die am seltensten gehen müssen! Ich glaube, so ist mein Vater entstanden. Ich schweife ab.

Wenn wir schon unsere Wettbewerbe und Challenges brauchen: Unterbieten wir uns! Das Motto der neuen olympischen Spiele lautet: »Langsamer, niedriger, kürzer!« Wer holt sich dieses Jahr die Goldmedaille im Lattenrostplattliegen? Es gäbe so geile Disziplinen: Decken festwickeln, Kissen-Kurzwurf, 100-m-Rennen, aber die Person, die am geschmeidigsten dahinsmootht, gewinnt! Weniger ist mehr, gar nichts ist am meisten!

Wenn man Menschen auf dem Sterbebett fragt, was sie bereuen und anders machen würden, dann wird mit Abstand am häufigsten genannt: Ich habe zu viel gearbeitet und zu wenig Zeit mit den Menschen verbracht, die mir etwas bedeuten. Was ist denn los mit den Leuten? Es wird Zeit für die Zwei-Tage-Woche! Erst kommen Schmustag, Knutschtag und Fickwoch. Dann machen wir fix das Nötigste und danach wird wieder emissionsfrei einer weggekuschelt.

Und wer große Herausforderungen braucht, wem das alles zu gechillt ist, dem bleibt immer noch schreiben. Ich kenne nichts Härteres, Anstrengenderes und Nervenaufreibenderes als den Ringkampf um die richtigen Worte. Schreibt Briefe und Tagebücher und Postkarten und Fanfiction, Dummes und Kluges, suhlt euch in Belanglosigkeit oder schwingt euch auf in die höchsten Gefilde des vertrackten Wendelturms der Sprache! Schreibt, was das Zeug hält! Schreibt die neue Geschichte von Harry Potter:

Er ist jetzt der Junge, der überlebte und anschließend seine schwere Kindheit mit professioneller Hilfe und therapeutischen Kochkursen aufarbeitete. Backen statt Besen, Zuckerschnecken statt Zauberstabduelle, Quarkkeulchen statt Quidditch. Ein Buch, das alle Preise gewinnt, weil es *unfassbar* langweilig ist. Und das wir deshalb lieben werden, weil man so wunderbar friedlich dazu einschläft.

Geschimmelte Träume

Was wolltest du als Kind werden, wovon hast du geträumt und warum bist du es dann nicht geworden? Es mag eine etwas zu persönliche Frage gewesen sein, mit der ich auf einer Aftershow im Leipziger Beyerhaus herumgegangen bin. Sei's drum. Aus den Antworten ist dieser Text entstanden.

Für diesen Text habe ich Menschen gefragt, was sie als Kind werden wollten und warum sie es dann nicht geworden sind. Jemand sagte: »Ich wollte mein Opa werden, aber dann habe ich rausgefunden, dass er ein Arschloch ist.« Jemand anderes wollte Kräuterpolizist werden, das heißt, am Tisch aufpassen, dass alle genug frische Kräuter zu sich nehmen. Das stell ich mir sehr gut vor: »Halt! Ein Petersilienrest über 2 Gramm, du bist verhaftet«! Jemand anderes wollte Psychotherapeutin werden, doch dann ist ihr aufgefallen, dass Menschen anstrengend sind und das Leben zu kurz.

Ein Gespenst geht um im Internet. Nichts wird von der Mindset-Entourage und vom Heer der selbsternannten Lifecoaches mehr ausgeschlachtet als unsere Träume. Keine Minute vergeht im Internet ohne: *Es ist egal, was andere von dir denken!* Und: *Lebe deinen Traum!* Immer wenn ich das höre, hoffe ich richtig doll, dass gerade kein Kannibale zuhört. Man sollte doch mindestens spezifizieren, um welche Art von Traum es geht, oder? Was mach ich denn mit dem kleinen Noah, der nachts zu lang N24 geschaut hat und dessen größter Traum es ab sofort ist, Lebensraum im Osten zu erobern? Sage ich dem: »Wenn du ganz fest an dich glaubst, dann kriegst du die Bolschewisten dieses Mal«?

Ich mochte die kleinen Träume am liebsten. Kehrmaschinenlenker oder Baggerfahrerin. Jemand anderes sagte, sie wollte als Kind Popstar werden. Aber dann: Mark Forster. Man sagt, dass Träume platzen. Als wären sie eine empfindliche Seifenblase, die bei der kleinsten Berührung zerbirst. Allerspätestens dann, wenn man erwachsen ist, seinen Alltag im Griff hat und im Gegenzug sämtliche Ambitionen zu Staub zerfallen sind, den man alle drei Tage aus dem Flokati saugt. Erwachsen sein ist der Moment, in dem du eine Salatschleuder benutzt und zum ersten Mal nicht denkst: »Das ist ja komplett nutzlose Scheiße.«

Jemand sagte, er wollte ein Pilz werden, ein weltumspannender Organismus, überall und nirgends, am Puls der Dinge. Ich glaube nicht, dass Träume platzen. Träume schimmeln. Was einst rund und rot und saftig war, setzt Flaum an. Von der Druckstelle breitet sich ein Myzel aus, überzieht ihn mit weißen Adern, durchdringt seinen Fruchtkörper, färbt ihn grau, dann blau, dann schwarz. Bis das Mindesthaltbarkeitsdatum mal wieder Jahrestag feiert und du gar nicht mehr weißt, welchen genau.

Mein Traum, auf der Bühne zu stehen, kam recht spät. Mit dem Abitur in der Tasche wollte ich was Relevantes tun und Lehrer werden. *Aber, Friedrich, du machst doch Kunst: Kunst ist doch systemrelevant!* Ist sie das wirklich? Wie »systemrelevant« etwas ist, erkennt man ganz gut daran, was passiert, wenn diese Berufsgruppe streikt. Wenn die Müllabfuhr streikt, versinkt in zwei Wochen alles im Chaos, wenn Künstler streiken, dauert es zwei Wochen, bis es jemandem auffällt. Und dann ist es immer noch sehr egal.

Streng genommen wollte ich auch nicht Lehrer werden. Ich wollte LEHRER werden. Einer von den Guten. Die den Unterricht machen, den sie selbst gern gehabt hätten. Die mit ihren Schüler*innen die Lektionen teilen, die sie dem Leben abgetrotzt haben, anstatt sie kleinzuhalten und fertigzumachen. Und jetzt fragt ihr euch vielleicht: Wo ist denn das Problem? Warum bist du es denn nicht geworden? Was willst du denn auf der gottverlassenen Bühne? Außer zum Alkoholiker zu werden, weil es jeden Abend Freibier im Kühlschrank gibt?

Vielleicht gehe ich auch unter die Lifecoaches, mein Programm sieht dann so aus: »Hey du! Wenn du eine Vorstellung vom Leben hast, die nützlich, aber richtig langweilig ist, mach es bitte einfach trotzdem! Lass dich von deinen Träumen nicht davon abhalten, etwas zu tun, das tatsächlich relevant ist. Fick die Millionen! Und die Stars! Wer hält denn den Laden hier zusammen? Leute, die pflegen und verhaften und Ärsche abwischen, die asphaltieren und putzen und Essen auftischen. Wer buckelt denn und *hustelt* und liefert die Pakete? Wer steht jeden Morgen auf, um den Kindern in den Arsch zu treten? Ganz bestimmt nicht ich. Ich bin nutzloses Pack! Und du, der du das hier siehst, du bist kein nutzloses Pack – außer du studierst, aber dann kann das ja noch was werden. Scheiß mal bitte kurz auf Fame und Money! Bürgeramt ist auch blingbling, nur halt menschlich gesehen. Diese *New Work*-Business-Affen haben dir nichts anzubieten. Nichts, bis auf einen Shake mit Flüssignahrung in deiner flexiblen Fünf-Minuten-Pause, eine fucking Tischtennisplatte, bei der du dich bitte nach Feierabend zu blicken lassen hast, wenn du hier den Vibe mitnehmen willst – und steviagesüßte Cupcakes. Wisst ihr was?! Es reicht! Es reicht auch mit meinem Text hier. Genug unehrliche Arbeit für heute. Ich mach jetzt die Kamera aus und dann hab ich Feierabend und krieg meine Kohle. Und wofür? Für nichts!«

Damit in diesem Text vielleicht noch eine sinnvolle Sache passiert, sage ich zum Abschluss noch Folgendes: Esst mir ja genug frische Kräuter! Sonst werdet ihr verhaftet.

Ich brauche die Lüge

Die enge und stickige Atmosphäre eines Nachtclubs war immer schon ein zweites Zuhause für mich. Vielleicht liegt es daran, dass ich unter Sauerstoffmangel auf die Welt gekommen bin. Als neulich ein Satz fiel, den ich schon lang nicht mehr gehört hatte, nämlich: »Kommst du mit feiern?«, da spürte ich, wie sich jede Sehne meine Körpers nach dem Partygefühl alter Tage streckte. Zugleich war der zeitliche Abstand zur letzten Party derart groß und der Satz so fremd, dass ich kurz stockte. Was meint man eigentlich, wenn man sagt, feiern gehen? Mit ziemlicher Sicherheit meint man nicht die Aktivität, die man die meiste Zeit ausführt, während man feiern geht: rumstehen und warten.

Man wartet darauf, dass sich jemand meldet, man wartet am Treffpunkt, wenn alle da sind, wartet man auf Almut, weil *Almut, ey geht's noch?* Man wartet an der Garderobe, man wartet an der Bar, man geht kurz auf die Tanzfläche, steht rum, fühlt den Vibe irgendwie noch nicht so, also raucht man eine und wartet drauf, dass die Musik besser wird, um dann schließlich am Klo zu warten, und wenn dann der eine Track kommt und die Stimmung kocht, fühlt man schon langsam die Müdigkeit in die Glieder kriechen und wartet auf die erste Stimme in der Gruppe, die sagt: »Jo, ich würd dann so langsam mal los machen«, um zu antworten: »Nee, lass mal den Track noch warten«, um dann nach besagtem Track zu sagen: »Alles klar« – und schließlich wieder an der Garderobe zu warten.

»Feiern gehen« ist die größte Mogelpackung seit »Die Polizei, dein Freund und Helfer«. Wenn ein Freund und Helfer in meinem Rückspiegel auftaucht, schießt mein Puls nicht auf 180, ihr Heuchler! Aber auch das verblasst im Vergleich zur größten Mogelpackung von allen, der Ziel- und Endpunkt aller Disneyfilme, Arztromane und Sitcoms: Heiraten.

In Deutschland hat sich meiner Meinung nach eine gesunde Einstellung dazu durchgesetzt. Wenn ich mich in meinem Freundeskreis umschaue und frage, warum da geheiratet wird, dann alle so: Steuerklassenwechsel! Aber es gibt immer noch dieses sehr verbreitete Phänomen, aus Liebesgründen zu heiraten, und da bin ich einfach raus. Stell dir vor, du bist verliebt und sagst: *Ich will nur noch mit dieser Person zusammen sein!* Das ist schön für dich. Ich mein, bitte frag die andere Person in regelmäßigen Abständen, ob ihr das auch so geht, und setz das nicht einfach voraus. Aber erst mal schön für dich. Das Letzte, das dir in dieser wunderbaren Situation einfallen würde, ist doch, einen Vertrag darüber zu schließen, dass du ab jetzt mit dieser Person zusammen sein *musst*, und zwar *nur* mit dieser Person, den gesamten Rest deines Lebens. Ein Buch kann noch so gut sein, sobald man es im Deutschunterricht lesen *muss*, schafft man maximal noch den Wikipediaeintrag, oder?

Das Argument für die Homoehe war immer schon geheuchelt, als es hieß: Menschen des gleichen Geschlechts lieben sich genauso. Davon hält sie ja zum Glück niemand ab. Das ehrliche Argument wäre gewesen: Menschen des gleichen Geschlechts sind genauso geil aufs Steuersparen wie Heteros. Das wiederum überzeugt mich.

Heiraten. Man muss sich klarmachen, wer sich Heiraten ausgedacht hat. Ganz sicher niemand, der verliebt war. Das waren auf jeden Fall Eltern, deren Kinder für ihren Geschmack zu viel Sex hatten. Ich kann mir diesen Dialog sehr gut vorstellen: »Du, mein Sohn, guter Typ und so. Aber der hat jetzt 17 Kinder von 13 Frauen oder so – und du, ganz ehrlich, langsam wird's irgendwie unübersichtlich. Jedes Mal, wenn er 'ne Neue anschleppt, bin ich so: ›Hi, und du bist? Ach, wir kennen uns schon?‹ Eieiei ...«

»Oh, das kenn ich. Richtig unangenehm.«

»Wär schon gut, wenn das jedes Mal die Gleiche wär, oder?«

»Ja, das wär richtig gut. «

»Hm.«

»Hm.«

»Okay, was hältst du davon, wenn er einer Frau schwört, dass sie die einzige ist, und jedes Mal, wenn er den Schwur bricht, hm, verbrennt er?«

»Okay ...? Aber wenn er's doch macht, dann merkt er ja, dass er nicht brennt.«

»Hm. Das stimmt natürlich. Oh! Vielleicht so – nach seinem Tod! Da gibt es ein Feuer, in dem seine Seele für jede Frau, mit der er fremdgeht, 100 Jahre brennt.«

»Hm!«

»Hm!«

»Ja, das ist gut. Und wie kriegen wir ihn dazu, dass er da mitmacht?«

»Wir drohen mit Enterbung?«

»Ja. Und als Erinnerung an sein Versprechen geben wir ihm einen Ring – um seinen Schwanz.«

»Hm?«

»Hm?«

»Um den Schwanz? «

»Von mir aus um 'nen Finger.«

»Alles klar! So machen wir's!«

Und der Herr sah, dass es gut war, und von diesem Tag an gab es die heilige Institution der Ehe. Und dann heißt auch noch immer: Die Hochzeit ist der schönste Tag im Leben. Warum setzt man den denn dann ins erste Drittel? Ich hätte ja eigentlich ganz gerne noch etwas, auf das ich mich freuen kann.

Aber vermutlich brauche ich die Lüge. Die Hoffnung auf Liebe und Treue, das süße Versprechen romantischer Schwüre. Das vage Gefühl von Sicherheit, das vielleicht doch nicht alles auseinanderfällt, solange die Polizei noch nicht vollständig unterwandert ist. Und die ungerechtfertigte Vorfreude auf einen Partyabend, der von Anfang bis Ende enttäuscht. Um dann mit Hype und Vorfreude im Bauch auf den nächsten zu warten.

Bängkok

Mit Start der Pandemie begann ich wie ein Versessener, Schach zu spielen. Als dann auch noch »The Queen's Gambit« Öl ins Feuer goss, gab es kein Halten mehr: Die endlosen Tage des Lockdowns rauschten im Fieber der Eröffnungstheorien und Taktiken vorbei, Schach-YouTuber*innen wie Eric Rosen und die Botez Sisters wurden zu großen Idolen von mir. Ich sah Schachfilme, las Schachbücher, kaufte Schachbretter, spielte online fast 10 000 Blitz-, Bullet- und Rapid-Partien gegen Menschen aus aller Welt. Es war eine verwirrende Zeit, in der mir die Zweidimensionalität des Spiels die gewünschte Flucht aus dem Newsstrudel ermöglichte. Verwirrend waren auch die wenigen Texte, die in dieser Zeit entstanden. Egal, mit welchem Thema ich anfing, früher oder später fing ich aus heiterem Himmel immer an, über Schach zu schreiben. Also seht es mir nach, verwirrende Zeiten hinterlassen verwirrte Texte ...

Ich staune immer wieder über die Fähigkeit des Menschen, aus grauenhaften und verwirrenden Dingen kindgerechte Geschichten zu formen. Vor hunderten Jahren, in irgendeinem Dorf mit Karpfenteich, gab es mal seltsam fischige, sexuelle Vorlieben und zack! Es vergehen ein paar Jahrhunderte und wir erzählen wir uns die Geschichte von Arielle, der Meerjungfrau. Man sagt, Liebe sei irrational. Und ich glaube, das stimmt. Die Liebe zu manchen Dingen kann man nicht erklären. Ich zum Beispiel liebe Bangkok – das heißt ich liebe Bangkok eigentlich nur wegen der besten Songzeile des Universums: »One night in Bangkok and the world's your oyster.«

Was? Meine Auster? Ich habe keine Ahnung, was das bedeuten soll, aber ich *liebe* es!

Und dabei hasse ich Austern! Ich hasse den Geschmack und die merkwürdige Dekadenz, die dieses sonderba-

re Ausschlürf-Ritual umhaucht, das ist ja mal nur absto-
ßend! Und trotzdem, ich höre diese Songzeile und denke
mir: Ja! Jetzt eine Auster an irgendeinem thailändischen
Sandstrand, rein in meinen Hals, du glitschig-salzige Verlockung!

Mir ist auch vollkommen klar, dass Bangkok in Thailand
liegt, und wenn man als Deutscher ab einem gewissen Alter sagt, man liebe es einfach, nach Thailand zu fliegen,
dann kriegt das wirklich irgendwie dieses Geschmäckle.
Denn man sollte auf jeden Fall hinterfragen, welchen As-
pekt der Reise man nun eigentlich *genau* liebt und sich
am besten den Personalausweis dieses Aspektes nochmal
genau zeigen lassen, um Volljährigkeit festzustellen, aber
Bangkok ist ja nicht Thailand. Bangkok, das ist der Teil von
Thailand, wo man ankommt und nur eine flüchtige Nacht
verbringt, um ja schnell auf das wunderschöne Land zu
cruisen, wo die Inseln und Beachbars warten und die Leute immer *so unfassbar nett und freundlich sind und immer*
ein Lächeln im Gesicht, während sie vor mir buckeln und ihre
kleinen Füßchen in meine Wirbelsäule bohren, da stellt sich
gleich so ein Übermensch-Gefühl ein, also sowas Tolles ein-
fach. Schon klar, Monika.

Bangkok, englisch ausgesprochen, also *Bängkok*, hört
sich für englischsprachige Menschen in etwa wie *Fick-*
schwanz an und trotzdem sprechen sie das so lässig aus,
Bängkok, als wäre gar nichts dabei, jedes Wochenende
nach *Fickschwanz* zu jetten und die Party seines Lebens zu
feiern. Dabei weiß ich gar nicht mal genau, ob man nach
Bangkok jettet, um geile Partys zu feiern, aber wenn ich
eine Sache über Bangkok weiß, dann dass man sich dort
nicht die Hände schüttelt. Wie cool ist das denn bitte?

Händeschütteln ist auf jeden Fall die Sache, auf die ich
auch in Zukunft perfekt verzichten kann. Händeschütteln
war mir immer schon suspekt. Keine Ahnung, ich habe es
einfach nicht besonders genossen, meine kalte und ver-

schwitzte Hand wie eine fangfrische Forelle zum Gruß hinzustrecken und dem schraubstockartigen Zupacken meines meines Gegenübers nicht selten zu entglitschen. Du hast trockene Hände? Schön für dich, diese Tatsache macht es für uns beide noch unangenehmer!

Es gibt so gute Begrüßungen!

Wem Küsschen und Umarmungen zu intim sind, kann sich ja die Faust geben und oder inken. Aber nein, bei uns gibt man sich die Hand in einer Abfolge barbarischer Gesten: Man fixiert die Augen des Gegenübers, man verschränkt die schweißnassen Handinnenflächen, presst sie fest aneinander, schleudert sie mit einem kräftigen Ruck aufwärts, lässt sie zurückfallen und zieht sie langsam wieder auseinander, eine Geruchsprobe des Geschüttelten verbleibt als feuchte Spur, bereit zur olfaktorischen Inspektion. We call it »Stallgeruch« and we think it's beautiful. So macht man das hier. So begrüßt man einen Fremden, das ist unsere Leitkultur in Deutschland, von der ersten Sekunde der Begegnung üben wir Druck aus. Eine Nacht in Deutschland und deine Hand wird weißwurst-weiß gepresst.

Händeschütteln ist so seltsam, man bräuchte schon einen richtig coolen und schmissigen Song, damit das wiederkommt. Und apropos cooler und schmissiger Song: Als ob »One night in Bangkok« nicht großartig genug wäre, er stammt aus einem 1984 veröffentlichten Schachmusical. Ein Schach-Musical! Was für eine Kombination! Wenn das nicht die große Hoffnung der langweiligen Dinge auf dieser Welt ist, auch das Zeug zum Musical zu haben.

Brokkoliauflauf – das Musical!

Mülltrennung – das Musical!

Die Supply-Chain-Management-Methodik am Beispiel der Automobilindustrie – das Musical!

Man sagt, Liebe sei irrational. Jetzt stell dir vor, du heißt Bobby Fischer, aber mit sechs Jahren verliebst du dich nicht in Fische, sondern in Schach und verbringst den Rest deines Lebens damit, Holzfiguren über ein Brett zu schieben. Zugegeben, das ist besser, als Fische zu bumsen, aber gar nicht mal so viel besser. Und dann wirst du einer der besten Spieler aller Zeiten und gleichzeitig ein unfassbar exzentrisches Arschloch und deshalb sehr bekannt, und Leute schreiben Bücher über dich und Musicals und eines dieser Musicals führt dazu, dass alle Bangkok abfeiern, als wäre es ein gottverdammter Disneyfilm.

Es gibt nichts Verwirrenderes als die Wahrheit – das Musical.

Jemand hat geniest und dabei ist aus Versehen deine Männlichkeit kaputt gegangen

Es tobt ein neuer Kampf der Geschlechter im Internet. FLIN-TAs empowern sich zu Tausenden, die immer noch andauernde Vorherrschaft des Mannes bröckelt. In diesem Kampf erweisen sich viele Männer als erstaunlich dünnhäutig und die Männlichkeit selbst als eher graziles Geschöpf, geradezu zerbrechlich. Das äußert sich in merkwürdigen Gesprächen: »Hey, schön dich kennenzulernen. Wie heißt du?« – »ICH MAG ÄRSCHE! VON FRAUEN! MIT TITTEN!« – »Alles klar, aber wie ...« – »WEIL ICH BIN EIN MANN! UHHHH!« Das Großgeschriebene könnt ihr euch gern archaisch-kriegerisch bis kehligbassig vorstellen. In der Auseinandersetzung mit fragiler Männlichkeit ist dieser Text entstanden:

Eine Geburt ist wohl eines der heftigsten Dinge, das man erleben kann. Es ist laut, es fließt Blut, es stinkt, gestandene Menschen schreien und heulen wahlweise vor Schmerz oder Glück, Geburten sind nur wild. Es ist schon ein wenig ironisch, dass Männer bei diesem letzten archaischen Akt, der uns im 21. Jahrhundert noch geblieben ist, in der Regel nicht mehr tun als Händchen zu halten.

Mütter, die geboren haben, sind wie Veteranen. Du kommst zu ihnen und erzählst von deinem Schmerz – einem gestauchten Finger oder einem eingezogenen Splitter – und sie pusten und kümmern sich, doch nach innen wissen sie, dass du ein richtiger Lappen bist. Denn im Ge-

gensatz zu dir wissen sie, was echte Schmerzen sind. Ich werde nie verstehen, warum wir Feiglinge »Pussy« nennen. Bei einer vaginalen Geburt dehnt sich eine »Pussy« um das Zehnfache ihrer Größe aus – viel Glück, wenn du das mit deinem Schwanz probieren willst.

Mütter taugen entgegen jeder Logik aber nicht als Rollenvorbilder für junge Männer. Nein, wir werfen uns stattdessen in den Sumpf aus YouTube-Coaching, Fitnessstudio-Proll-Attitüde und Autotune Rap und halten uns an Typen wie Kollegah, den Boss, den Alpha, den härtesten Studienabbrecher seit Günter Jauch. Zugegeben, allein sein Äußeres ist ein Faustschlag in die Fresse der verweichlichten Pollunder-Bourgeosie und die Titel seiner Rap-Alben sind allesamt moderne Klassiker: »Zuhältertape«, »Boss der Bosse«, »Zuhältertape 2«, »Alphagene«, »Zuhältertape 3«, »Bossaura«, »Zuhältertape 4«, »Imperator«, »Natural Born Killas«, »Zuhältertape 5«. Was da als Nächstes kommt? Die Spannung zerreißt mich.

Als Ikone der Männlichkeit gefeiert, kam folgerichtig auch sein eigenes Fitness- und Ernährungsprogramm, die »Bosstransformation«. Zur besten Werbe-Sendezeit starrte Kollegah mit seinen pythonbreiten Armen monatelang in die Gesichter der Lauchs und Couch-Liebhaber der Republik und zeigte ihnen, wie die DIE NEUE MÄNN-LICHKEIT aussieht, nämlich: genauso wie die alte. Nur mit einem leichten Anflug von »Das kann er auf gar keinen Fall ernst meinen, oder?«. Und mit diesem ironischen Beigeschmack im Mund plünderten die neuen Männer die Supermarktregale auf der Suche nach den Eiweiß- und Protein-Shakes und kauften anschließend sein Buch: »DAS IST ALPHA!: Die 10 Boss-Gebote«.

Wem das alles schon protofaschistisch und männlich, aber noch nicht verrucht genug war, der konnte sich auch bei Kollegahs Mentoring-Programm anmelden. Es hieß: »Das Alpha-Mentoring«. Wie auch sonst? Du erhieltest als

Teilnehmer dort die Einladung zu einer geheimen Facebook-Gruppe und einem wöchentlichen Videochat mit Kollegah, genannt: »Der BOSS-Call«. Wie auch sonst? Und es kostete 2 000 Euro. Ja, wie viel denn auch fucking sonst?

Wie fragil kann Männlichkeit sein? Ja.

Aber vielleicht sind Häme und Spott nicht die richtigen Mittel. Vielleicht mangelt es einfach nur an Alternativangeboten. Vielleicht mangelt es an Programmen wie diesem:

DU – BIST DU EIN ECHTER MANN
... und liebst lange Herbstspaziergänge und feste Umarmungen?

MAGST DU KRIEG
...-sdramen mit Reese Witherspoon und Matt Damon und frisch gedörrten Apfelchips?

HAST DU EINEN PENIS
... von durchschnittlicher Länge und findest, dass er eher stört beim Kuscheln?

HAST DU MUSKELN
... die ausreichen, um eine mittelfest versiegelte Konserve aufzuschrauben, wenn sie schon jemand vorgelockert hat?

DANN BIST DU HIER RICHTIG,
DENN DAS – IST – »BETA«!
»BETA« IST EIN ORT FÜR MÄNNER
... die das Konzept von Männlichkeit eher albern finden und nicht dringend auf ein Moschus-Duschgel mit Stierhodenessenz angewiesen sind.
WERDE JETZT MITGLIED
... für faire 4.99 Euro pro Quartal ...

UND TRIFF NOCH HEUTE DEINEN NEUEN LIFECOACH –
STEVEN!

Das bin ich!

ERHALTE JEDE WOCHE EXKLUSIVE VIDEOS

... in denen ich über gute Nacken-Massagen rede und
dir zeige, wie man 'nen Badezimmer putzt – das wird
Wahnsinn.

SICHERE DIR JETZT DEINEN EXKLUSIVEN PREMIUMZU-
GANG!

Wenn du noch heute anrufst, gibt's als Extra eine flau-
schige Fleece-Decke für Pärchenabende, die haben so
zwei Ärmel dran, da könnt ihr dann beide reinschlüpfen,
du links und sie rechts – und weil du es bist, leg ich noch
eine Teetasse drauf, mit einem Henkel auf jeder Seite der
Tasse, sodass man sie vor Netflix gut weiterreichen kann,
ohne sie umständlich eindrehen zu müssen oder sich die
Fingerchen zu verbrennen. Hihi. Praktisch!

WERDE AUCH DU BETA!

Oder Gamma oder Delta oder Omega, weißt du, es
gibt so viele Buchstaben im griechischen Alphabet, ich
würde sagen, jeder sucht sich seinen aus und dann tauschen wir fröhlich herum und haben eine gute Zeit, anstatt aufeinander rumzuhacken.

DAS KLINGT FAIR!

Ja, wie auch sonst?

Mit Speedy Pass im Movie Park

Aus manchen Slam-Begegnungen sind über die Jahre Freund-schaften geworden. Fünfstündige Trips mit der Regio, um im Jugendzentrum Wattenscheid gemeinsam in der Vorrunde raus-zufliegen, das schweißt zusammen. Aus einem geteilten Hobby wird ein gemeinsamer Beruf, manche wachsen in die Szene hi-nein, andere nach ein paar Jahren wieder heraus. Was bleibt, sind die gemeinsamen Tage wie dieser:

Im Endorphinrausch liegen meine Freunde und ich uns in den Armen, die von Schweiß und Funparkwasser durch-nässten Körper eng aneinandergedrückt, Tränen des Glücks in den Augen. Wie eine Mannschaft mit 3:0 Halb-zeitführung legen wir die Hände zusammen.

»Ich ruf Speedy, ihr ruft Pass!«

»Speedy!« – »PASS!«

»Speedy!« – »PASS!«

»Speedy!« – »PASS!«

Wenige Stunden zuvor.

Ich bin, was ich nie werden wollte. Teil eines Jungge-sellenabschieds. Oh, was habe ich sie ein Leben lang ver-flucht, diese unerträglich peinliche, grenzdebile, Saufen-Grölen-Bauchladen-Entourage mit den kecken T-Shirts: »Ein Sexgott verlässt den Olymp« oder: »Er heiratet, ich bin nur zum Saufen hier.« *Schaut her! Wir haben den Bräu-tigam als Häftling verkleidet mit Kugel am Bein, weil – ver-steht ihr? – heiraten ist ja quasi genau das gleiche wie Knast. Cancelt die Comedians! Jonas hat eine Kugel am Bein und ver-kauft Blowjobs für 5 € pro Stück, Humor wurde soeben durch-gespielt! Es ist zu Ende, Leute!*

Jetzt bin ich selbst Teil eines Abschieds und – ich liebe *alles* daran! Wir sind zu acht, keine Verkleidungen, dafür ein Tagesausflug in den Movie Park bei Bottrop-Kirchhellen. Bottrop – schon immer Ort meiner Sehnsucht. Seit ich denken kann, pulsiert dieser beste aller Städtenamen auf meiner inneren Liste der Vorfreude. Der Ostblock-Provinzknabe in mir jauchzt, als wir das Ortsschild »Bottrop« passieren. Dieser Klang! Ja, hier will ich hin, nach Bottrop im Ruhrpott und einen Popcorn-Workshop machen. Oder einen Nonstop-Postrock-Popsong namens »Vollkorn und Volkszorn« schreiben! Scheiß auf Oxford, ich will Bottrop!

Direkt hinter dem imposanten Eingangstor erwartet uns ein quietschpinker Cadillac. Drumherum stehen in schlecht sitzenden Anzügen überschminkte Laiendarsteller, die Marylin Monroe und seltsam unspezifische Figuren aus dem Filmgeschäft verkörpern, vermutlich weil die Rechte für richtige Stars zu teuer sind. Ist. Das. Geil. Wir machen also 20 Selfies mit dem *Regisseur* und dem *Zirkusdirektor*. Oh, da drüben! Ich klatsche in die Hände, als ich sie sehe: Spongebob und Patrick! Bei 30 Grad im Schatten steht ein Movie-Park-Mitarbeiter im Spongebob-Kostüm und macht Fotos mit kreischenden Kids und kreischenden Erwachsenen. Ganz recht, ich bin der kreischende Erwachsene! Selbst im T-Shirt halte ich es in der Sonne kaum aus, schwer vorzustellen, wie die arme Sau unter 20 kg Stoff schwitzen muss. Zum Glück ist sein Kostüm ja ein großer Schwamm. Der saugt bestimmt alles auf. Als ich Spongebob fest drücke, meine ich zu hören, dass im Inneren jemand leise weint. Es muss vor Freude sein, er hat den besten Job der Welt.

»Leute!«, sagt Alex. »Kommt mal her!«

Alex ist unser Freizeitpark- und Achterbahnexperte. Er hat alle einschlägigen Blogbeiträge von achterbahnreporter.de studiert, die wichtigen Fakten kennt er auswendig.

»Uns erwarten über 40 Attraktionen und 14 Fahrgeschäfte. Während die *MP Express* einen soliden Einstieg darstellt, ist das Highlight ohne Frage die *Star-Trek-Operation-Enterprise-Bahn* mit einer europaweit einzigartigen *twisted Halfpipe* und *Katapultstart*. Bis zu 90 km/h schnell. Gebaut aus 500 Tonnen purem Entertainment-Stahl. Und hier ...« Er zückt acht goldene Tickets und drückt jedem von uns eines in die ehrfürchtig zitternde Hand. »Das ist für euch. Insgesamt 15 Attraktionen haben einen separaten Eingang, bei dem man *nicht* Schlange stehen muss. Und diesen Eingang passiert man nur mit einem ...«

»GOLDENEN SPEEDY PASS!«, rufen wir alle wie aus einem Mund.

»Ich ruf Speedy, ihr ruft Pass!«

»Speedy!« – »PASS!«

»Speedy!« – »PASS!«

»Speedy, Speedy, Speedy!« »PASS! PASS! PASS!«

Den Weg zur ersten Achterbahn rennen wir. Und als wir die riesige Schlange davor sehen, heulen wir vor Freude. Ich dachte bisher, Liebe macht glücklich. Oder Freundschaft. Jetzt weiß ich: Glück sind die traurigen Augen eines 8-Jährigen, in denen die Hoffnung stirbt, als Nächster an der Reihe zu sein. Oh, als wir an ihnen vorbeirauschen, schmecke ich das Salz in den Tränen der Unterschicht und es schmeckt süß! Habe ich Mitleid, fragt ihr euch? Keine Sekunde. Er weiß schließlich nicht, wie schön es ist. Ich verstehe sie jetzt, die Fußball-Fans aus München, die jedes Jahr dusselig am Marienplatz stehen, während Thomas Müller die Meisterschale lustlos zum 17ten Mal in Folge in den Abendhimmel reckt. Gewinnen ist nicht das Eigentliche. Es geht allein darum, dass die anderen nicht gewinnen! Mit einem Mal will ich keine Welt mehr, in der alle mal schneller dran sind, ich will eine Welt, in der *ich* kaufen kann, dass ich *immer zuerst* an der Reihe bin! Und wie ich an der Reihe bin! Keine 30 Sekunden sind vergangen und wir fliegen brüllend und jauchzend und Looping schlagend durch die Lüfte von Bottrop! Oh, Bottrop, du Hotspot des Kosmos! Du Goldtopf in Topform! Scheiß auf Stockholm, ich will Bottrop!

»Steigen Sie bitte nach links aus«, krächzt ein pickliger Movie-Park-Mitarbeiter am Ausstieg. »Und vergessen Sie Ihren Rucksack nicht.« Er wirkt unbeeindruckt. Ganz so, als wäre Ekstase nicht mehr ganz so fesselnd, wenn man sie 300 Mal am Tag erlebt. Ob wir die 300 knacken?! Im Speedy-Rausch jagen wir von Attraktion zu Attraktion. Mein Magen feiert eine Party mit zwei Chili-Cheese-Potato-Tornados und 1,5 Liter Slush-Eis. Im Ghost Chaser chasen wir die Ghosts, im Time Rider riden wir die Time, im Crazy Surfer werden wir alle scheiße nass. Ein Kind vor uns läuft heulend und blutend aus der Bahn, weil es sich beim Crash ins Wasser die Lippe aufgeschlagen hat. Blut, Wasser, Schweiß, Geschrei. Alles verschwimmt in einem Strudel aus Fun.

»Da sind wir«, raunt Alex. Vor uns erheben sich die majestätisch gewundenen 500 Tonnen Entertainment-Stahl. Mein Magen hängt besoffen über der Toilette und bereut seine Lebensentscheidungen. Alles in mir sträubt sich. Dann fällt mein Blick auf den Speedy Pass. Ob ich noch Bock habe?

Natürlich habe ich noch Bock!

»Ich ruf Speedy, ihr ruft Pass!«

»Speedy!« – »PASS!«

»Speedy!« – »PASS!«

»Speedy, Speedy, Speedy!« – »PASS! PASS! PASS!«

Im Endorphinrausch liegen wir uns in den Armen, die von Schweiß und Funparkwasser durchnässten Körper eng aneinandergedrückt, Tränen des Glücks in den Augen. Wir legen die Hände zusammen. Die Welt ist schön, vorausgesetzt man gehört zu denjenigen, für die sie gemacht ist, denke ich, während ich im Strahl von der Achterbahn kotze.

Und ich weiß, was ihr denkt: *Friedrich, du links-grüner Lurch! Deine Message rieche ich doch 100 Meter gegen den Wind. Lass mich raten: Das obere Prozent im Kapitalismus hat Speedy Pass, während die meisten leiden und buckeln. Und warum passiert kein Aufstand? Weil wir in Wahrheit alle nur danach gieren, eines Tages zu ihnen zu gehören. Eine tödliche Illusion, durch wenige Ausnahmen gefüttert, und im Ergebnis eine ewige Spirale der Unterdrückung, die uns langsam ersticken lässt.* Aber ich kann euch versichern: Alles, was ich hiermit sagen will, ist, wie unfassbar nice der *Speedy Pass* im Movie Park ist.

Eltern, die auf Enkel starren

Eltern wurde meine Eltern mit 22. Unvorstellbar. Da ich diese Schwelle schon seit einigen Jahren überschritten habe, baut sich von Weihnachten zu Weihnachten eine größer werdende Erwartung auf. Von Mal zu Mal wird sie weniger unterschwellig.

Meine Eltern sitzen mir gegenüber, mein Vater knetet die Hände, meine Mutter seufzt. In ihren Augen kann ich lesen: *Junge, warum hast du nichts gezeugt? Schau dir den Dieter an. Der hat sogar Zwillinge. Und warum gehst du nicht zu Onkel Werner in die Werkstatt? Der gibt dir 'ne Festanstellung. Von der wird zwar niemand schwanger, aber einen vernünftigen Beruf hast du ja auch nicht.* Doch wie stets bleiben sie höflich, sprechen das Thema nicht weiter an und fragen stattdessen nach meinem Kontostand.

Ob meine Eltern in Sachen Enkelkinder Druck machen? Nein, das kann ich so nicht sagen. Ja, immer wenn sie zu Besuch sind, schleichen sie sich unter einem Vorwand ins Schlafzimmer und stechen Löcher in die Kondome. Aber welche Eltern machen das nicht? Manchmal finde ich auch abgesägte Köpfe von Playmobil-Pferden zwischen den Laken. Solange das keine echten sind, finde ich das eher subtil. Okay, wenn es dunkel wird, werfen sie mit einem gigantischen Scheinwerfer den Schattenriss eines Schnullers von unten an die Wolkendecke, sodass die Stadt ihren stummen Hilfeschrei nach einem potenten Helden erhören möge. Aber Druck wäre jetzt wirklich zu viel gesagt.

Versteht mich bitte nicht falsch, ich liebe Kinder. Kinder sind das größtmögliche Wunder. Aus einem Zellklumpen wächst in ein paar Monaten ein Lebewesen heran, das durch bloßes Zuhören und Rumlallen sich selbst die menschliche Sprache beibringt, wie unfassbar ist das denn eigentlich? Nein, Kinder an sich sind nicht das Problem. Mir gefällt einfach die Rolle nicht, die *mir* dann dabei zufällt. Eltern sind sich sicher. Eltern wissen, wo es langgeht. Eltern haben Antworten. Ich bin unsicher. Nach 23 Jahren in derselben Stadt google ich immer noch, wie ich zum Obi komme. Und ich habe keine Antworten.

Was ist Zeit? Keine Ahnung! Wie funktioniert ein Kühlschrank? Ich habe nicht den blassesten Schimmer! Wo sind Sachen, wenn ich sie ins Internet stelle? Ich weiß nicht mal, wo ich anfangen soll, auszudrücken, wie wenig Ahnung ich habe, um überhaupt die Frage zu verstehen. Nullen und Einsen, my ass! Niemals wird irgendjemand in meinen Schädel kriegen, wie aus genug verdammten Nullen und verschissenen Einsen ein 4k-YouTube-Video wird. Das ist Zauberei, nichts anderes. Technik ist pure Magie! Niemand kann mich vom Gegenteil überzeugen. Spart euch die nerdigen Erklärvideos, ich finde das alles ohnehin schon deutlich beeindruckender als Harrys dusseligen Patronus. Pack deine Hirschkuh weg, boy, mein Telefon weiß, wo meine Kopfhörer sind?! Weil die ein Signal an einen Satelliten im All senden?! Der dann wiederum mit meinem Telefon kommuniziert?! Wollt ihr mich eigentlich alle komplett verarschen?!

Eltern geben den ganzen Tag Ratschläge und machen Vorschriften. Ich hasse Ratschläge und Vorschriften! »Räum dein Zimmer auf!«, »Leg das Handy weg!«, »Nimm die Zunge aus der Steckdose!«

Na wartet! *Stromschlag* Jetzt erst recht!

Früher oder später sind alle elterlichen Weisheiten ohnehin ein einziger Knäuel aus Widersprüchen:

- Es heißt: »Schau nicht so viel fern!« Aber auch: »Na! Also den Film MUSS man gesehen haben!«

- »Iss das jetzt auf!« Aber: »Friss nicht so viel!«

- »Geh doch mal vor die Tür!« Aber: »Treib dich nicht schon wieder irgendwo rum!«

- »Jetzt such dir doch endlich mal wen!« Aber: »Wehe, ihr macht mehr als Knutschen!«

- »Finger weg von Drogen!« Aber: »Ach komm, ein Schlückchen wird ja wohl nich' schaden, das beste Jäckchen is' immer noch das Cognäckchen, hm?«

Junge, höre ich alle mit Gebärmutter seufzen, *was heulst du hier so rum?* Den schlimmsten Part musst du ja nicht selbst ausstehen. Ach, er ist einfach so romantisch, der Weg allen menschlichen Lebens. Sich unter Unterleibskrämpfen und Schmerzensschreien durch einen wenige Zentimeter breiten Geburtskanal auf die Welt pressen lassen. Säugetiere sollen die höchstentwickelte Spezies sein, aber nein, ein Ei legen und chillen, das wäre uns zu primitiv.

Eltern sein heißt, mit Ansage scheitern, egal, wie man es anstellt. Aus jeder minimalen Verfehlung wächst im Laufe der Jahre ein Tsunami aus Vorwürfen heran, der mit Punkt Pubertät über einen hereinbricht. Wahrscheinlich machen Eltern deshalb Druck. Sie wollen uns scheitern sehen. In einem unserer pubertären Schreikrämpfe haben sie sich geschworen: Eines Tages werdet ihr sie zu spüren bekommen, die Undankbarkeit einer arroganten und pickeligen Hormonhaubitze, und dann werdet ihr sehen, was ihr an uns hattet!

Das scheint der Deal zu sein, den wir nie unterschrieben haben: Sie leiden eine Kindheit lang, damit sie uns beim Versagen zuschauen können. Eltern, die auf Enkel starren, die ihre Kinder langsam in den seelischen Ruin treiben. Der Kreislauf des Lebens. Hach! Schadenfreude bleibt eben die schönste Freude. Dazu muss ich sagen: Fair enough. So gesehen, habe ich mir jedes einzelne Loch im Kondom redlich verdient.

Weinst du (oder ist das von deiner Unterlippe abgeprallt, als du niesen musstest)?

Das Schlimmste am Schreiben sind Enden. Ich bin mir sicher, dass das nicht nur mir so geht, denn runde Enden sind verdammt selten. Das Schlimmste an Beziehungen und Freundschaften sind die Abschiede, ich bin mir sicher, dass es nicht nur mir so geht, denn da draußen gibt es verdammt viele gebrochene Herzen. Also hier, zum Schluss, ein Text übers Abschiednehmen. Erwartet nichts, dann wird es vielleicht ganz okay.

Um die eindrucksvolle Kraft zu demonstrieren, die eine Trennung auslösen kann, braucht es nicht mehr als wenige Gramm spaltfähiges Plutonium. Wenn auseinandergerissen wird, was zusammengehört, offenbaren sich die stärksten Mächte des Universums. Auch beim Bahnfahren wird man hin und wieder Zeuge von herzergreifenden Szenen: Abschiede vor langen Reisen, Ankünfte nach langen Reisen, Schaffner, die freundlich sind.

»Ihre Fahrkarte, *bitte*?«

»Ach, hören Sie doch auf, ich heul gleich.«

Einmal, da sitzt eine Frau im Zug vor mir und tätschelt ganz sehnsüchtig die Scheibe. Ich schaue durch die Abdrücke ihres Fingers hindurch und sehe auf der anderen Seite ihren Freund, wie er verträumt am Bahnsteig steht und darauf wartet, dass der Zug abfährt. Er steht nicht einfach lässig da, ihr hin und wieder einen Blick zuwerfend, um nicht peinlich aufzufallen. Sondern er ist *ganz* dabei.

Wir reden von einhundertprozentigem Commitment. Er starrt sie regelrecht nieder mit seinen stahlblauen Augen, was gruselig wäre, hätte er nicht diesen knuffigen Dackelblick aufgesetzt. Er wippt auf der Stelle vor und zurück, halb Stalker, halb Welpe. Offensichtlich hat er sich vorgenommen, konsequent bis zum Moment der Abfahrt dazustehen und sie dusselig anzugrinsen. Allerdings handelt es sich um einen dieser mies langen Aufenthalte mit Verspätung, kurzem Anfahren, Warten auf Anschlusszüge, das ganze Programm, also steht er da bestimmt zehn Minuten und grinst – wirklich sehr dusselig. Der Zug fährt einfach nicht ab.

Immer wieder signalisiert sie ihm mit kleinen Gesten durch die Scheibe wie laufenden Fingern: »Du kannst ruhig gehen.« Aber er ist einfach *so* dabei, zeigt auf sein Herz, schüttelt den Kopf. Mittlerweile schaut schon die ganze Fensterreihe zu, wie der Typ sich öffentlich hingibt. Beide tragen eine Maske, er zieht sie nach einer Weile kurz herunter und formt mit seinem Lippen ein: »Ich liebe dich.« Und sie zieht die Maske runter und formt ein: »Ich liebe dich auch.« Und danach steht der Typ locker nochmal fünf Minuten und sie formt: »Du kannst jetzt wirklich gehen.« Und er formt: »Nein, ich bleibe auf jeden Fall.« Und ich sitze die ganze Zeit dahinter und halte tapfer mein rebellierendes Sushimittag zurück. Es ist wie einer dieser Abschiede, bei denen man alle Floskeln benutzt und sich längst umarmt hat und dann trotzdem noch fünf Minuten in die gleiche Richtung geht, aber auf verschiedenen Seiten der Straße, und so tut, als wüsste man nicht genau, dass die andere Person noch da ist, kombiniert mit dem Vibe eines knutschenden Pärchens im Park, das sich wegen der offenen Wiese unbeobachtet fühlt und dann einfach viel zu intim wird und richtig Softporno-touchy wird – nimm die Hand aus seiner Hose, was ist mit euch? Dann gibt es endlich einen Ruck durch den Zug und wir fahren los und ich höre schon im ganzen Wagon die innerlichen Sektkorken knallen, weil dieses *unfassbar ätzende* Schauspiel endlich ein Ende nimmt. Doch auch den letzten Akt zelebrieren die beiden: Er schlendert neben dem Zug her, als das nicht mehr möglich ist, trabt er, als das nicht mehr möglich ist, rennt er, als das nicht mehr möglich ist, setzt er zum Sprint an, und wir alle gönnen es ihm von Herzen, dass er mit voller Wucht gegen den Fahrkartenautomaten donnert.

Nach zwei Minuten Fahrt holte sie ihr Handy raus und nimmt eine Sprachnachricht auf: »Hey, ich wollte mal wieder deine Stimme hören.« Holy fuck! Mein Sushi! Wenn zwei Junkies für sich gegenseitig der Fix sind, nennt man das wohl Liebe.

Aber zugleich, so wenig ich mir das auch eingestehen will, bin ich tief gerührt. Ich dachte immer, mit dem Alter wird man zynischer und verbittert, aber das Gegenteil scheint der Fall. Ich weiß nicht mehr genau, wann es bei mir anfing, aber irgendwann Mitte zwanzig konnte ich mit einem Mal wieder weinen. Ich saß im Kino und war einfach gerührt. Mit der knittrigen Tüte wischte ich mir Popcornreste in die Augen und heulte noch mehr. Ich hatte damals seit Jahren nicht geweint. Ob aus falsch verstandener Männlichkeit oder vermeintlicher Coolness heraus – meine Tränendrüsen waren so trocken wie die Erde meiner darbenden Zimmerpflanzen. Dabei war ich mal richtig gut im Weinen gewesen, wann hatte ich das verlernt?

Manche Dinge kann man von Anfang an perfekt und muss sie später neu lernen. Schwimmen, Weinen, Abschiednehmen. Als Kind machten mir Abschiede nichts aus, ich glaube, man hätte mir die Eltern wegnehmen können und ich hätte mich innerhalb von zwei Tagen an neue gewöhnt. Wie es scheint, bin ich von Abschied zu Abschied rührseliger geworden. Auch Dinge fangen an, mir etwas zu bedeuten, weil sie lackiert sind mit Erinnerungen, gebeizt mit Geschichten. Bei jedem Aussortieren und Wegwerfen von egal welchem Krempel stehe ich minutenlang an der inneren Bahnsteigkante und schreie stumm: »Ich liebe dich!« Und bleibe dann so lange an der Mülltonne stehen, bis der Müllmann sie auch wirklich abgeholt hat.

Das Allerschlimmste natürlich: der Abschied von Menschen. Ich hasse das. Ich will weinen und cool bleiben und heraus kommt irgendein Gestammel von wegen »Schönes Leben noch«, so als wäre das Leben des anderen noch schön? Wie soll das denn gehen ohne mich, hm? Noch schlimmer als sich verabschieden zu müssen, ist, es nicht zu tun. Den guten, alten, polnischen Abgang hinzulegen. Nein, da müssen Alternativen her. Wie wäre es mit einem britischen Abgang? Überhastet gehen, am nächsten Tag googeln, was gehen eigentlich bedeutet, und es sein Leben lang bereuen.

Oder, so unangenehm das ist, einfach ehrlich sein, den Rücken gerade machen und in aller Öffentlichkeit zu seinen Emotionen stehen. Wenn es zum nächsten Abschied kommt, antworte ich auf die Frage »Weinst du etwa?« mit: »Nein. Ich hab nur gerade mit offenem Mund geniest und alles ist von meiner Unterlippe abgeprallt und in die Augen gespritzt, ich weine nicht, ich weine nie. Das sind keine Tränen, ist gut jetzt, hau schon ab und ein schönes Leben noch! Und jetzt lass dich drücken! Du bedeutest mir alles.«

Danksagung

Herzlicher Dank geht an meine Eltern, meine Schwester, meinen Bruder, Luci, meine aktuellen und ehemaligen Lesebühnenkolleg*innen Inke, Levin, Linn, Steve, Marcel und Flemming, das Team vom Café Wagner, die lieben Menschen in der deutschsprachigen Slam-Szene (ihr wisst, wer ihr seid!), meine Lektorin Denise Bretz, meinen Verleger Karsten Strack und meine Coverdesignerin Yeliz Çetin.

Bei Lektora erschienen

Friedrich Herrmann

Notizen eines Linkshänders

Die Geschichte eines Teppichs«, »Die Knisterfolie des Grauens« oder »Der kleine Junge mit den Streichhölzern«: Friedrich Herrmann vereint die Texte seiner ersten Jahre als Slam-Poet in diesem Band. Ähnlich wie ein Märchenbuch verzaubert Herrmann seine Leser*innen mit bildhafter Wortspielerei, bricht in sie ein mit der wohl-bekannten Moral von der Geschichte. Jeder Text wurde in detaillierter Handarbeit mit Tuschezeichnungen durch seinen Bruder illustriert. Prädikat besonders wertvoll!

Gloria, oh Gloria!
In deine Wangen schießt die Glut.
Sinnlich drehst du dich zu mir
Und ich sag: »Tschüss, mach's gut.«
Ich schwing mich auf mein Fahrrad
Und radele davon,
Ein Arsch auf nassem Sattel,
Und bereue es da schon.

ISBN 978-3-95461-142-3
12,90 Euro

www.lektora.de